傣族英雄史诗

ꨥꩬꩣꨥꨣ

乌莎巴罗

第四卷

主编◎西双版纳傣族自治州少数民族研究所

主持翻译◎岩 香

整理◎罗俊新

主审◎刀世勋 祜巴龙庄勐

本卷绘画◎刘首云 靳树阳

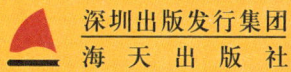

目录

第四卷

第四十三章	神王暗示生幻觉　帕板收养干女儿……	0853
第四十四章	乌莎美名天下扬　王子提亲试神弓……	0881
第四十五章	天神牵线变金鹿　巴罗逐鹿遇乌莎……	0897
第四十六章	帕板王棒打鸳鸯　巴罗乌莎遇麻烦……	0917
第四十七章	返乡途中遇树仙　真情感动恻隐心……	0931
第四十八章	婻乌莎坠入情网　帕板王恼羞成怒……	0951
第四十九章	帕板王一意孤行　巴罗迎战帕板王……	0977
第 五 十 章	帕板披挂上战场　巴罗不愧好儿郎……	1007
第五十一章	强攻不成设圈套　乌莎巴罗坐铁牢……	1033
第五十二章	行善作恶皆有报　腊西奔走救女儿……	1067
第五十三章	老王爷营救孙子　帕板王调兵遣将……	1103

帕板王收养乌莎为干女儿——第四十二章

刘首云 绘

王子提亲试神弓 —— 第四十四章

刘首云 绘

巴罗逐鹿遇乌莎 —— 第四十五章

刘首云 绘

帕板捧麻典棒打鸳鸯——第四十六章

刘首云 绘

婻桑迦仙女被巴罗真情感动——第四十七章

刘首云 绘

婻乌莎坠入情网　帕板王恼羞成怒
—— 第四十八章

刘首云 绘

乌莎在祈祷——第四十九章

靳树阳 绘

乌莎与巴罗——第五十章

靳树阳 绘

乌莎在思考如何对待两只鹦鹉 —— 第五十二章

靳树阳 绘

乌莎与巴罗被囚禁在铁牢里——第五十三章

靳树阳 绘

第四十三章

神王暗示生幻觉
帕板收养干女儿

傣族英雄史诗
乌莎巴罗

ᥘᥧᥴ ᥔᥤᥴ ᥚᥣᥐ ᥑᥨᥒᥰ ᥞᥨᥖᥴ ᥟᥨᥝᥱ ᥛᥣᥰ ᥝᥣᥒᥰ ᥘᥫᥴ
ᥐᥤᥒᥰ ᥙᥧᥒᥰ ᥐᥫᥢᥴ ᥝᥢᥰ ᥙᥣᥒᥱ ᥘᥧᥐᥴ

我要继续歌唱乌莎姑娘,
这个女孩非同一般,
她像金莲花一样美丽,
她浑身上下散发出馨香。

她不仅有迷人的姿色,
她的品德也很高尚,
她是个完美的少女,
她的武艺也很高强。

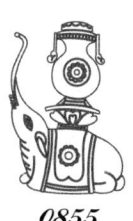

她来自第一层的天上,
她是仙女下凡,
她陪伴前世父亲修炼,
父亲名叫帕腊西韦术塔。

此时的帕雅因见时机已到,
就施法注入韦术塔的心里,
使他产生了考虑女儿婚事的想法,
以便实现神王的宏大计划。

把婻乌莎仙女送到勐迦湿,
献给帕板捧麻典做干女儿,
这是神王的第二步计划,
让乌莎促使某些仇怨激化。

于是韦术塔突然产生想法:
女儿身上有三种光泽,
她相貌美丽光彩照人,
我应让她成为帕板干女儿。

我是个修成的帕腊西，
整天生活在雪山林里，
让美貌的女儿留在身边，
整天忙碌着侍奉自己。

这样做于心不忍，
世俗之人也会闲话连篇，
他们会指责我这个帕腊西，
肯定很喜欢和美女在一起。

虽说我是她前世的父亲，
前世骨肉今生相聚出人意料，
韦术塔认为这是前世修来的福，
他要设法给女儿更多的温暖。

他于是开始操心女儿的婚事，
男大当婚女大当嫁，
女儿姿色如此美丽出众，
生活在森林里与世隔绝太孤单。

她好比森林中一朵奇葩，
色彩鲜丽只能孤芳自赏，
就算花香迷人，
芬芳四溢为谁飘香？

最香最美的花朵啊，
也会有凋谢的时候，
到那时会失去魅力，
常言道人老珠黄。

女儿如今风华正茂，
好比花朵刚刚绽放，
她现在是择偶最佳年龄，
绝不能错过这大好时光。

为了找到称心如意的女婿，
他对女儿的八字精心推算，
他认为女儿婚事不同一般，
用拉神弓定终身是最佳方案。

可是生活在深山老林里，
与世隔绝连人影也不见，
这样的地方去找谁拉神弓？
这样的地方去哪里找对象？

他打算让女儿到平坝去，
让她到有人群的地方，
去接触凡人了解人世，
为成家立业创造条件。

韦术塔经过深思熟虑，
决定到勐迦湿找国王，
他想让女儿当国王养女，
此举完全为她前途着想。

他向女儿讲了这件事，
用和蔼语气谈了自己的主张，
女儿理解父亲的心意，
她由衷感激心潮荡漾：

"只要父亲安排的事啊，
小女一定照着去办，
愿意遵照父亲的安排，
父亲之命绝不违抗。"

韦术塔听了女儿的回话，
也了解了女儿的心思，
为了她今后的幸福，
他决定立即动身去找国王。

他念完佛经立即动身，
带着化缘钵飞上云端，
他脚踩云朵迅速飞行，
很快降落在勐迦湿王城。

他急匆匆走进王宫，
拜见了帕板捧麻典国王，
国王见到帕腊西光临，
询问大师此行的来意：

"请问帕腊西大师,
不知光临宫殿有何贵干?
是不是专门来化缘,
还是有什么大事要我办?

"你离开故乡去修行,
好像有好几年的时光,
如今你是个出家人,
想必不会有杂念和烦恼。

"你近来的身体好吗?
我知道修行生活艰难,
想必疾病和灾祸,
不会靠近你身旁。

"如今你五脏六腑清净,
一切事情如意吉祥,
在深山老林里修行,
毒蛇猛兽是否靠近你身旁?

"山里的虫子蚊子很多,
不知你会不会被叮咬?
那些小虫子毒性不小,
被叮咬了会全身痛痒。

"尊敬的大师啊,
有什么事请说不必谦让,
按照咱们过去的关系,
从来无话不谈兄弟一样。

"只要本王能办的事,
说一不二坚决照办,
能为你解决问题,
是本王的荣幸也是沾光。"

韦术塔听了国王的话,
也就直截了当开了腔,
他首先回答国王的询问,
对国王的关怀表示感谢。

"我的身体很好平安无恙,
　　我每天用山上野瓜果当食粮,
　　　这些野瓜果香甜可口,
　　　吃了以后身体健康。

　　"在森林里野果品种很多,
　　　任你采摘也吃不完,
　　　我自己还种蔬菜,
　　还种包谷野豆等食粮。

　　　"吃的不用发愁,
　　我只专心念经修炼,
　　野兽害虫不来干扰,
　　我也从不心烦意乱。

　　"这次老僧来找国王,
　　有件事想找您帮忙,
　　老僧在森林里修行,
　　收留了一位小姑娘。

　　"她认我作她的干爹,
　　干女儿同我日夜相伴,
　　这女孩既懂事又可爱,
　老僧把她当亲生女儿看待。"

　　　帕腊西把来意细说,
　故意把前世女儿说成干女儿,
　　希望国王能理解他的心意,
　　让这朵鲜花开得更灿烂。

　　"老僧想把她托付给您,
　　让她做大王的干女儿,
　　使她有个固定的住所,
　　老僧就不再为此忧虑。

　"将来她同哪位男子有缘分,
　　大王可以用她的神弓考验,
　如果有谁能拉开那把神弓,
　　那位男子就是乘龙快婿。

"这样的方法虽然古老,
这种规矩却不能丢弃,
男子汉要有所作为,
懦弱者不配当女儿新郎官。"

坐在旁边的国王,
听得入迷心里亮堂,
他高兴地暗暗思忖,
意识到喜从天降。

国王堆着笑脸,
好像得到黄金万两,
国王摊开双手,
做出手捧珍珠的模样。

帕板捧麻典感谢大师,
对大师的信任心存感激,
他叫王后准备好饭菜,
请大师同他一起用膳。

王后亲自端来热水,
给大师漱口洗脸,
接着端来仙人的食物,
热情款待大师。

韦术塔吃饱喝足洗了手,
告辞国王和王后,
他跃身飞上蔚蓝天空,
在云层中自由地翱翔。

这位以前勐迦湿的富翁,
办完事情心里无比舒畅,
女儿的归宿已有着落,
他急急忙忙回到僧房。

他把女儿叫到跟前,
把此行的经过对她讲,
他说我俩前世虽是父女,
但这一关系对凡人只好不讲。

"因为要让凡人相信很难,
今世你只能算作我的养女,
你拜国王为干爹,
今后不愁找不到如意郎君。"

韦术塔接着拿出稀世宝物,
把用途向她一一介绍,
他还教她如何使用,
这些宝物作为她的嫁妆。

"勐迦湿国很大,
王宫非常豪华宽敞,
勐迦湿很有福气,
它在世上有很高名望。

"现在为父让你去当国王养女,
这样做法非常恰当,
国王很喜欢你这样的女儿,
他一定不会亏待你。

"帕板捧麻典国王很能干,
与为父一样善良,
你就放心地去吧,
你的生活一定幸福美满。"

乌莎姑娘听从父亲的话,
心甘情愿服从安排,
她同意去当帕板的养女,
做好准备随时出发。

现在我还要续说乌莎的故事,
她是个神仙姑娘,
准备去当勐迦湿国王养女,
这件大事惊动四面八方。

国王传下圣旨给大臣,
向全勐通告这件大事情,
要让家喻户晓人人皆知,
要让男女老少官民同庆。

王宫里响起咚咚鼓声，
鼓声急促把臣民召唤，
人们放下手中活计，
纷纷走进王宫广场。

进城的人中有普通百姓，
也有各村寨的小官，
男女老少汇集城中，
国王宣布收养乌莎姑娘。

他限定三天后全城出动，
包括男女老少小伙子和姑娘，
还有鳏夫和寡妇也参加，
国王喜事百姓一道分享。

三天期限一到，
各方民众全部到齐一个不少，
国王手下的四位大臣，
走进王宫把情况禀报。

根据国王下达的旨意，
人们带上饮水和糯米饭，
有的走路有的骑马，
村寨头人还骑上大象。

大人和小孩加在一起，
人山人海无法统计，
他们将前往雪山林，
直奔帕腊西修行的地方。

雪山林路程非常遥远，
走路要一个月的时间，
为赶时间他们抄小路走，
穿密林过溪涧翻高山。

先行队分三部分，
第一部分在前面探路架桥梁，
砍树割草填平路面，
为大队人马扫清路障。

第二部分由士兵组成,
这些人全副武装,
佩上弩箭和宝剑,
赶跑老虎和豺狼。

对那些专门打劫的土匪,
还有各种妖魔和鬼怪,
都要把他们全赶跑,
不让他们来捣乱。

第三部分要带斧锄,
把小路拓成大道,
还要铲掉路两边的杂草,
然后栽上芭蕉树。

大队人马载歌载舞,
手执彩带高举旗幡,
边走边舞边唱边敲锣鼓,
整个队伍浩浩荡荡。

他们还准备演奏队,
吹拉弹唱一样不少,
如果没有宽敞的大道,
各种技艺无法施展。

到了傍晚他们就地住下,
搭起棚寮把篝火点燃,
人们围着篝火唱歌跳舞,
欢乐气氛非同一般。

队伍进入林区的时候,
豺狼猛兽纷纷退让,
各种鸟类飞禽,
站在高高的树上观望。

队伍到了阴暗的地方,
妖怪也不敢出来扰乱,
因为队伍戒备森严,
到处都有士兵放哨防备。

年轻人情绪高昂,
他们乘机谈情说爱,
小伙子吹口哨弹舌头,
小姑娘斜眼抿嘴挑逗对方。

寡妇们也不放过机会,
她们把自己打扮成年轻姑娘,
主动去接近小伙子,
在男人面前卖弄风情。

白天走路时也打打闹闹,
小姑娘都打着花雨伞,
小伙子钻进花伞下面,
把姑娘紧紧搂着不放。

途中有的还唱着山歌,
山歌传情热乎心窝,
有老婆的男人另有所爱,
他们专去找寡妇婆。

走在前面的锣鼓队,
骑着金鞍骏马好威风,
他们还比赛看谁跑得快,
你追我赶像个赛马场。

有的耍刀弄枪,
显示自己武艺高强,
有的吹奏竹笛,
山谷里阵阵回响。

人群浩浩荡荡,
泥巴路尘土飞扬,
尘土蒙面遮眼,
呛得人咳嗽吐痰。

队伍走进遮天蔽日的老林,
野藤和青苔长满树干,
像是树干也会长胡子,
小姑娘见了笑得前仰后合。

有时老天下着大雨，
人们被淋得落汤鸡一般，
有些地段云雾缭绕，
白天突然变成夜晚。

有些地段天寒地冻，
有些地段又热得人直冒汗，
走出森林后见到蓝天白云，
天上飘着棉花一样的云团。

一路上气象千变万化，
经常出现意想不到景象，
有时洁白的云朵绕着半山腰，
有时雾霭茫茫笼罩着森林。

有的路段在山沟上，
泉水淙淙悠闲流淌，
小溪弯弯曲曲像大蟒蛇，
蜿蜒伸展绕着山脚转。

人们开始气喘吁吁，
活跃气氛一扫而光，
人们越走越累，
道路越来越艰难。

经过长途跋涉之后，
他们终于到达雪山林，
他们在森林边住下，
休整后再向林里进发。

夜晚各个帐篷点起松明火，
火光闪烁斑斑点点，
唤醒了寂静的原始森林，
火光如夜空繁星一般灿烂。

此行沿途摆上许多花环，
摆上装满香水香物的小罐，
还有装满醇香果酒的酒坛，
还有煮好的米线和鱼酱。

人世间的这些大举动,
使得帕雅因宝座出现异样,
那原本柔软的宝座变得僵硬,
还突然变得炽热火烫。

帕雅因见状知道原因,
就派韦术甘麻天神下人间,
要他直接去到雪山林里,
变化出一条笔直宽敞的道路。

道路从雪山林的入口处开始,
一直延伸到腊西韦术塔的僧房,
雪山林道路十分难走,
这样一来减少许多麻烦。

这时帕板捧麻典骑上白象,
与同行的士兵们和臣官,
沿着帕雅因开出的道路,
走进雪山林前往腊西僧房。

走在宽广的原始森林里,
有层层重叠的高山石崖,
有些地方是成片的芭蕉树,
它们的叶子枯黄已经垂下。

从第一片叶子算起有八庹高,
整齐地排列着遍及山沟,
在原始的密林中,
长在低洼处的芭蕉真好看。

长臂猿和各种猴子,
它们在密林里吃各种野果,
有成群的白鹇和孔雀,
还有小蜜蜂在花丛中穿梭。

本来需要走一个月的路,
因天神开路缩短为三天,
帕板捧麻典的队伍顺利前行,
来到帕腊西的僧房旁。

队伍在附近扎营，
帕板捧麻典下令准备好礼品，
他们在林子里休整一晚，
准备天亮去见帕腊西韦术塔。

第二天一早来到僧房，
威严的国王拜见帕腊西，
他手拿金蜡条和鲜花，
带着手下的文武百官。

帕腊西大师请国王入座，
落座在金色的坐垫上，
周围布满哨兵，
宾主一见面互相寒暄。

他们询问对方身体状况，
互相祝福健康吉祥，
一切平安无忧无虑，
疾病和灾难远离身旁。

后来国王见到大师养女，
乌莎姑娘向国王作揖请安，
她样子美丽秀气而又腼腆，
国王高兴得双眉弯成月亮。

乌莎谈论森林里的生活，
也讲述腊西修炼的情况，
还讲起妖魔鬼怪的光临，
姑娘滔滔不绝非常健谈。

帕腊西对国王光临表示感谢：
"你们一路辛苦了，
想必各位一路无恙，
贵人自有天福。

"路途中虽有害虫，
还有毒蛇老虎和豺狼，
但有神威的国王带队，
想必不敢对你们阻拦。

"现在你们来到圣地山林,
祝福你们各位永远健康,
大吉大利洪福无边,
愿苍天保佑你们永无麻烦。"

国王和大臣们向大师致谢,
感谢他的热情款待,
感谢他的美好祝福,
感谢他送给国王美丽姑娘:

"因为托了大师的福气,
我们才能一路平安,
因为有佛祖的保佑,
我等才能免受灾难。"

他们向大师递上蜡条,
把诚心和谢意一并送上,
请求帕腊西大师允许,
让他们带走乌莎姑娘。

让她到勐迦湿去做公主,
做国王的干女儿摆脱孤单,
住进王宫宽敞舒适的塔楼,
接受千百万臣民的景仰。

帕腊西欣然答应请求,
因为此事本不需要商量,
帕腊西接下圣盘礼物,
把临别的话儿对爱女讲:

"我至爱的女儿啊,
你今后将离开父亲身旁,
到勐迦湿国去做公主,
成为帕板王的干女儿。

"你就放心地去吧,
相信大王与我一样善良,
临别时为父有一些话,
希望你能牢记心上。

"你暂不可与男人接触,
　不许过早嫁人做新娘,
前世有缘分将来会遇到,
　缘分这东西谁也割不断。

"如果哪个勐的王子有缘,
　自然会找上门缔结良缘,
成为你的终身伴侣,
　实现你的美好意愿。

"你的身边有一把神弓,
　还有它的利箭与你做伴,
它会给你找来好情郎,
　跟你一辈子成对成双。

"要是哪位小伙子有本事,
　就能拉动这神弓,
这说明他有这份福气,
　配得上当你心爱的情郎。

"这个缘分前世注定,
　这好比艳丽的缅桂花,
到了季节才会开放,
　散发出诱人芬芳。

"你现在有两个父亲,
　一个当国王一个当腊西,
两个父亲一样疼爱你,
　都希望你能找到如意郎君。

"这条规定请女儿记住,
　也请在座的贵客监管,
不可轻易放弃这个原则,
　终身大事与命运相关。"

大家听了帕腊西的交代,
　心情激动感慨万千,
大家认为帕腊西的话有道理,
　表示一定牢牢记在心间。

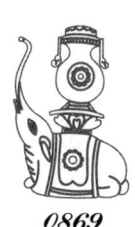

乌莎是个好姑娘，
她长得秀气样子端庄，
她对人很有礼貌，
国王和大臣们都喜欢。

为庆祝国王收养好女儿，
宾主在僧房前举行大联欢，
大臣和百姓个个欢呼雀跃，
寂静森林顿时热闹非凡。

小伙子敲起象脚鼓，
洞箫接着吹响，
小姑娘跳起孔雀舞，
赞哈的歌声随即飞扬。

僧房边燃起篝火，
火光把夜空照亮，
喝彩声此起彼伏，
古老森林变成欢乐海洋。

隆重而盛大的晚会，
唤醒森林惊动高山，
千年古树仿佛也跟着起舞，
巍巍高山像要坍塌一般。

奇闻奇事频频出现，
在雪山林从未见过这样景象，
这是因为有大师的洪福，
保佑大家来到这个地方。

联欢持续多日，
人们忘记返乡，
直到乌莎拜别父亲，
才宣告联欢会收场。

"女儿至尊的佛门父亲啊，
女儿想请您老人家原谅，
俗话说没有不散的筵席，
这联欢会不要再延长。

"女儿想辞别尊敬父亲,
　　起程前往干爹的故乡,
　　去当勐迦湿国王的女儿,
不知女儿的想法是否恰当?

"请父亲宽恕小女的过失,
　　请父亲同意小女的愿望,
养育女儿长大成人的父亲啊,
　　您的恩情重如大山。

"女儿永远也不会忘记父恩,
　　女儿的心永远与您相伴,
　　如果父亲同意我的请求,
我们将准备起程离开雪山林。

"现在女儿请求尊敬的父亲,
　　接受女儿的深深忏悔,
　　不要计较女儿的过失,
　　保佑女儿一路顺风顺水。

"女儿到达勐迦湿之后,
也许会遇到意想不到的困难,
　　请求父亲随时帮助女儿,
让女儿化险为夷生活美满。"

腊西接受女儿的请求,
　　并对女儿安慰一番,
　　他虽不愿女儿远行,
为了她的前途只能这样办。

"女儿啊你放心去吧,
　　你不必内疚不必悲伤,
　　不要说什么罪过和失误,
　　人生在世不可能十全十美。

"父亲在这里表明心意,
　　宽恕你的一切过失,
　　不记过不往心里想,
　　你尽管放心别成负担。

"女儿今后不管遇到什么困难，
有什么解决不了的事要帮忙，
你就面向这片森林祈求上苍，
父亲就会听见你的心愿。

"父亲听到后就会想办法，
竭尽全力解决困难，
或者给你出主意，
或者帮助排除艰险。"

婻乌莎听后非常感动，
父爱温暖了她的心房，
她再次向父亲表示感激，
接着又向帕板国王表明愿望：

"尊敬的父亲啊，
请接受小女一拜，
从今以后我就是您的女儿，
到勐迦湿与父王朝夕相伴。

"小女常年脱离人群，
生活在寂静的雪山林，
今后小女如果做得不对，
请父王多多教导。"

帕板国王把她扶起，
夸奖她是个好姑娘，
表明对她非常喜爱，
要她放心一道回故乡：

"我的宝贝女儿啊，
你是父亲的心肝，
父亲接你回王宫，
去做大国的公主吧。"

国王非常赏识乌莎姑娘，
让前来迎接的民众都来观看，
人们排成队伍依次向前，
一个个走过公主的身旁。

年轻美丽的乌莎姑娘,
她容貌盖世令人倾倒,
她婀娜窈窕亭亭玉立,
她身上的香味令人陶醉。

姑娘本是莲花所生,
姑娘本是莲花的女儿,
姑娘比鲜花还美丽,
姑娘浑身全是花香。

姑娘身上的气味啊,
再香的香水也比不上,
姑娘身上的香型啊,
集中了世间所有的花香。

她的香味清淡宜人,
能飘溢万水千山,
在茫茫的林海深处,
也能闻到姑娘身上芳香。

她是帕雅因派下来的仙女,
帕雅因寄托了美好的愿望,
为了缔造人间美好未来,
帕雅因精心安排她下凡。

天神又去抬来塔楼,
塔楼闪烁金光,
其实就是一座金塔楼,
它造型精致令人惊叹。

塔楼显示了天神的技艺,
让人知道巧夺天工的含义,
这是帕雅因帮助人间的杰作,
给人类留下奇迹和榜样。

仙女下凡的时候,
宫女们为她祝福祈祷,
让她到人间展示仙女美姿,
让人世间个个羡慕天堂。

乌莎的身世非同一般,
她的下凡寄托帕雅因的厚望,
她是个神奇的女孩子,
她是名副其实国色天香。

我们再把思路回转,
讲国王准备起程返乡,
他召见首辅大臣,
安排回程的各种事项。

然后向帕腊西辞行,
向他再次表示谢意,
请求帕腊西允许,
让女儿离开雪山林。

他还盛情邀请帕腊西,
今后经常回家乡看看,
乌莎是两个人的女儿,
大师的恩情他永不忘。

返程事项准备就绪,
国王行合十礼,
他向大师依依惜别,
再一次向大师诉衷肠:

"我们尊敬的佛门大师啊,
你是我们学习的榜样,
你一个人在森林里修行,
千万注意饮食和冷暖。

"我们衷心向你祝福,
祝你在修行中幸福吉祥,
愿上苍保佑你事事顺心,
不会遇到任何疾病和灾难。

"现在我们要返回故乡,
我们将把你的恩德记心上,
我们在你的福荫之下,
一路顺风平平安安。"

帕腊西大师同意他们返乡,
他用清水轻轻滴在地上,
他口念波罗蜜,
为国王他们祝福送行。

接着勐迦湿国王传令,
大队人马按顺序起程,
乌莎公主坐在象背上的金塔楼里,
金莲花簇拥在她身旁开放。

他们沿着来时走的路,
行进在返回勐迦湿的方向,
队伍翻高山穿密林,
浩浩荡荡尘土飞扬。

经过三天三夜的行程,
大队人马回到王城广场,
乌莎公主走下金塔楼,
巨象站立在那里不动弹。

善良热情的天神帕雅因,
化作彩云飞临王城广场,
帮助乌莎安放好金塔楼,
摆放在王城最显眼地方。

塔楼是天神所赠予,
是乌莎居住的楼房,
金塔楼光芒四射,
富丽堂皇非常壮观。

金塔楼为王城增添光彩,
比国王的王宫还好看,
塔楼有一百庹宽,
楼高十二层呈梯式向上。

塔楼有一百庹高,
高高耸立入云端,
如万丈高楼平地起,
引来全城百姓围观。

随后到达的帕板捧麻典王,
见到漂亮金塔楼赞叹不已,
成千上万的人议论纷纷,
都说小姑娘是仙女下凡。

到了第二天天刚发亮,
帕雅因又出现在天上,
他轻轻吹了一口仙气,
金雨点突然从天而降。

金雨点形状不一样,
有圆有扁有长有块状,
降了金雨又降银雨,
接着又降珍珠翡翠。

勐迦湿王城的地上,
布满金银珠宝,
拾到金银珠宝的王城人,
齐声盛赞乌莎姑娘。

公主给人们带来财富,
人们对她感恩不尽,
公主给人们带来幸福,
她在人们心中树起美好形象。

"这位救世公主啊,
是一位仙女下凡,
她不仅美丽绝伦,
而且心地无比善良。

"她身上散发出的气味啊,
比人世间的任何花都香,
乌莎姑娘刚到了勐迦湿,
就给人们送来金银宝贝。

"她有至高无上的福气,
她给傣家人带来吉祥,
她是一个难得的好人,
她把财富与百姓分享。"

她的名气越来越大,
她的名气越传越远,
人们对她惊奇不已,
人们把她看做神仙化身。

人们把捡到的金银珠宝,
自觉地集中到塔楼陈放,
人们把这些财物珍藏起来,
舍不得拿到赶摆场交换。

每天都有成千上万的人,
慕名前来金塔楼参观,
亲眼目睹这位绝世仙女,
观赏天上掉下来的宝贝。

凡是见过乌莎的人,
都为她的美貌而倾倒,
凡是闻到她的香味的人,
都为之陶醉神志飘然。

帕板捧麻典国王欣喜若狂,
为有这样的干女儿而自豪,
他要为女儿举行隆重拴线仪式,
把这一幸福同世人一块分享。

国王下令大臣做准备,
筹集的礼物各种各样,
还选择吉祥如意的日子,
为收养乌莎姑娘拴线。

拴线仪式在金塔楼举行,
派来五百个宫女供她使唤,
庄严隆重的拴线仪式开始,
王族的长者把贺词献上:

"乌莎姑娘啊,
你的全身是金银宝石,
你是高贵的神灵仙女,
从今以后祝你平安。

"祝你宝贵的身体,
更加美丽健康,
祝你在金塔楼上,
生活如意吉祥。

"祝你在未来生活道路上,
一帆风顺永无阻挡,
战胜一切妖魔鬼怪,
所有的坏人都不敢侵犯。

"还有心怀鬼胎的人,
都远离你的身旁,
不要挨近你半步,
不敢对你有非分之想。

"姑娘啊姑娘,
你是食用仙食的姑娘,
所有食物早被你吸收,
你只需慢慢释放能量。

"任何肮脏的东西,
不在你身上积存流淌,
你是珍贵之躯,
你的身体干净洁白。

"你没有臭气,
你永远飘香,
你没有缺点,
你永远完美。

"世人都知道你的名字,
所有的人都对你颂扬,
美丽盖世的姑娘啊,
祝福你万事顺心如意吉祥。"

佛祖世尊已讲完这段故事,
他又对故事进行梳理小结,
他对这段故事无比感慨,
对众比丘和释迦族说:

"众比丘啊,
整个南赡部洲里都热闹,
一百零一勐君王都仰慕,
仰慕帕板王收养干女儿。

"因为媥乌莎的神通福运,
一定会给勐迦湿增添荣光,
又有一些勐派人送来加盟国书,
要求投靠帕板捧麻典土。"

第四十四章
乌莎美名天下扬
王子提亲试神弓

听吧，哥要继续歌唱，
歌唱美丽的婻乌莎，
她告别了前世父亲，
来到了勐迦湿王城。

她遵照父亲的意思，
认帕板捧麻典作父亲，
于是成为勐迦湿公主，
成为高不可攀的千金。

美丽绝伦的婻乌莎公主，
是一位梵天女神化身，
她出生在美丽的金莲花里，
她的身世有着传奇色彩。

她的体味像鲜花一样，
从头到脚散发出芳香，
她的肌肤闪耀着金色光泽，
她亭亭玉立婀娜多姿。

仙女从不食人间烟火，
她们只吃仙界的食物，
所以仙女身上有芳香气味，
没有任何污垢和屎尿。

现在我要顺着故事脉络讲述，
讲述婻乌莎仙女的婚姻大事，
讲述众多向婻乌莎求婚的人，
究竟谁能获胜还要看缘分。

第一个登场的是捧马典拉扎,
他是勐巴拉纳西国国王,
他有许多动人的故事,
他的故事已广为流传。

他治理的国家地域宽广,
他有至高无上的威望,
从每个平坝到山寨,
都知道这位鼎鼎大名的国王。

捧马典拉扎管理一百零一个勐,
这些国家由他一人说了算,
不管是山林湖泊和江河,
一草一木全归他管。

这位勐巴拉纳西的国王,
他有治国的才干,
他管辖的所有国家,
对他服服帖帖不敢作乱。

他给每个国家权力,
允许有各自的军队,
国与国之间友好交往,
和睦相处互不侵犯。

有国王的英明领导,
国民生活无忧无虑,
人们安居乐业守规矩,
没有争权夺利现象。

国王有一位好王后,
每天陪伴在他身旁,
他们有一千六百个宫女,
侍候他们的生活起居。

勐巴拉纳西国王很富有,
他有数不清的财产,
黄金有一万亿两,
白银也有一万亿两。

国王家里的衣服布匹,
无法用尺寸来丈量,
他有数不完的塔楼,
王家的服饰装满楼房。

威武的勐巴拉纳西国王,
饲养有一百万头肥壮大象,
由三百万象倌专门饲养,
还有一千万匹运货物的马匹。

勐巴拉纳西国四通八达,
形成从王城到村寨的道路网,
道路网有陆路也有水路,
陆路和水路通向四面八方。

勐巴拉纳西雨水充沛,
庄稼灌溉非常方便,
各勐都有许多水塘,
庄稼终年不受干旱。

他们还引来大江河的水,
浇灌平坝的良田,
稻黄菜绿年年好收成,
老百姓竖起拇指把国王夸奖。

勐巴拉纳西还有大片森林,
望不到边际长势非常兴旺,
森林里生长各种野果,
橙黄野果气味芳香。

山上还有成片的翠竹林,
竹根长出的竹笋吃不完,
树林里有采不尽的鸡枞菌,
香甜可口天天吃不厌。

勐巴拉纳西有很多水稻田,
一年到头翻滚着黄绿波浪,
水稻一年三熟,
农民边收获边插秧。

老百姓爱吃糯米饭，
自种的谷子吃不完，
他们酿的米酒，
可以醉倒酒鬼大汉。

勐巴拉纳西全民信佛，
男孩子从小就进缅寺当和尚，
还俗后才成家立业，
这个规矩代代相传。

老百姓用佛教戒律作规范，
彼此和睦相处温顺善良，
所以在勐巴拉纳西国，
没有监狱也没有罪犯。

勐巴拉纳西有人行医，
傣医的技术非同一般，
用草根可以医治各种病，
腿摔断了也可以接上。

勐巴拉纳西有自己的文字，
他们用蕨秆尖刻在贝叶上，
抹上金粉非常清楚，
几百年后依然闪闪发光。

先人的文化习俗，
靠贝叶经书流传，
贝叶经传播文化，
传播好的道德风尚。

贝叶经还记载民间故事，
还有谚语俗语和诗章，
仅史经书就有八万四千部，
五百多部叙事长诗有分量。

每个村寨都有自己的赞哈，
他们的歌喉委婉动听，
傣族姑娘能歌善舞，
舞姿优美如小鸟飞翔。

在轻歌曼舞的生活中，
国王捧马典拉扎也有忧伤，
真是千人千般苦无人苦相似，
　　伤心事让他牵心肠。

他刚满十六岁的王子，
至今未找到如意的姑娘，
国王为此吃饭乏味，
王后为此长夜难眠。

王儿的名字叫做曼达嗒，
在百姓眼中他是个好儿郎，
国王盼望能早日抱孙子，
他为此整天急得团团转。

他派出很多大臣走村串寨，
为王子的婚事四处寻访，
有一天终于传来喜讯，
他急忙把王子叫到跟前：

"听说勐迦湿国王有个干女儿，
是一个相貌出众的美丽姑娘，
姑娘的名字叫做媥乌莎，
她像一朵金莲花散发诱人芳香。

"这位美丽盖世的姑娘，
是当王子妃的合适人选，
应该把她娶过来当儿媳，
不知王儿对此有何想法？"

父王旨意至高无上，
身为王儿当然不敢违抗，
曼达嗒听后自然遵从，
捧马典拉扎立刻传令臣官。

大臣们赶紧赶到王宫，
捧马典拉扎对各位大臣讲，
他要大臣到勐迦湿去提亲，
迅速行事不可拖延。

最高的大臣细纳镐①,
接到国王旨意有些紧张,
他认为这件事非同小可,
担心办不好交不了账。

他召集其他大臣商量,
把国王旨意复述一番,
还对大臣们进行分工,
马上把各种礼品筹备齐全。

勐巴拉纳西是个泱泱大国,
送礼品要考虑大国的脸面,
要贵重不俗气,
求婚的礼品要好好挑选。

经过一阵忙碌筹措,
准备工作全部妥当,
国王对礼品一一过目,
大臣们着手组成提亲团。

他们按照国王的旨意,
很快挑选了百名大臣,
这些大臣机敏灵活,
能说会道擅长交际。

提亲队伍开始出发,
浩浩荡荡非常壮观,
人们带着沉重礼品,
队伍行进比较缓慢。

勐迦湿国路途遥远,
两国相距万水千山,
提亲队伍风餐露宿,
走了三个月才到勐迦湿国。

---

①细纳镐:傣语,首辅大臣。

队伍到达勐迦湿王城，
未及休息便进入王宫，
他们先拜见王宫官员，
总管大臣接待客人：

"尊敬的各位客官，
不知你们来自何方？
想必你们非常辛苦，
不知此行有何贵干？"

其实主人明知故问，
想给客人一点难堪，
那不冷不热的口气，
真叫客人不知怎么办：

"我们来自勐巴拉纳西，
我们都是国王的臣官，
我们前来为王子说亲，
想迎娶婻乌莎姑娘。"

接着客人拿出礼品，
还有国王亲笔信函，
交给勐迦湿总管大臣，
要求他交给帕板国王：

"王子是接替王位的继承人，
王子至今未找到如意姑娘，
国王为此十分着急，
祈盼贵国能成全我们的愿望。

"我们两国之间结下亲缘，
为两国架起友好的桥梁，
为两国今后的团结合作，
修筑出一条平坦大道。"

客人一直等到了第四天，
才见到勐迦湿国王，
帕板捧麻典接见了来宾，
一副热情客气模样。

"本王非常欢迎各位客官,
感谢勐巴拉纳西国王,
这份情意我们领了,
你们不必挂心上。

"至于我女儿的婚姻大事,
当父母的不能自作主张,
该嫁给谁不该嫁给谁,
要她自己说了算。

"我这个孩子是位仙女,
她同一般的凡人不一样,
她身边有一把神弓,
从小就伴随她。

"如果哪位男士要提亲,
必须先经受神弓考验,
如果能拉动这把神弓,
说明他有福分当新郎官。

"如果小女与谁有缘分,
谁就一定能够把弓弦拉开,
如果两个人没有缘分,
有再大力气弓也不动弹。

"婚姻大事一定要讲缘分,
当父母的不可乱点鸳鸯,
这是本王对女儿婚事原则,
请你们能够理解见谅。

"世上的任何小伙子,
都可以来试拉神弓,
如果没人能拉动神弓,
各位只好空手而还。

"你们带来那么多贵重礼品,
我也不能把女儿作交换,
我选婿的标准不算太高,
不讲门当户对也对金钱不稀罕。

"我已把道理讲得很清楚,
　如果要试神弓就请便,
　我不会违反原则收下礼物,
　哪怕你们再送来十万头大象。

"该说的话已经说完,
　再唠叨下去便不正常,
　请各位客官细心斟酌,
　把意思回报你们国王。"

勐巴拉纳西方面的大臣,
　听了国王的话不敢久留,
　他们立即起程赶回国内,
　把提亲的经过禀告国王。

捧马典拉扎国王听完汇报,
　顿时高兴得跳高八丈,
　他不知神弓的威力,
　以为这是小事一桩:

"一把小小的弓算什么,
　不可能把我王儿难倒,
　他们未免太小看人,
　看来这儿媳妇跑不掉。"

大臣们历来只会附和,
　对国王的旨意从不违抗,
　他们于是给国王出主意,
　决定让王子亲自前往。

捧马典拉扎叫来王子,
　把自己的意思向他讲,
　他鼓励王子要有信心,
　一定把美女带回家乡。

王子听了父王的话,
　把胸脯拍得当当响,
　他说话的口气特别大,
　令国王乐得热泪盈眶:

"王儿感激父王好意,
拉弓的事是小事一桩,
别说一把小小的弓,
就是一百把也不在话下。"

虽说国王也讲大话,
毕竟是个有阅历的国王,
他听了儿子这么一说,
反倒觉得不那么简单:

"王儿对此事千万不可大意,
别人不想和我们联姻自有道理,
恐怕那姑娘不是平庸之辈,
没准真的是天上的神仙美女。

"如果没有那缘分就不行,
这些问题我们要充分考虑,
那把神弓随她一起从小到大,
可能与众不同真有奥秘。

"对此当然不必害怕,
但也不能粗心大意,
要好生研究对策,
然后再碰一碰运气。

"我倒有一个想法,
暗地里去碰运气,
不要公开自己的身份,
连家住何处也要隐蔽。

"到时如果拉不动神弓,
不至于丢面子自找没趣,
知道拉不动就放弃,
不必为此事再花费力气。

"此事暂时放一放,
千万不可太焦急,
考虑周全后再行动,
拖个一年半载再处理。"

这件事就这样放下,
从此再也没人提起,
按照国王的意见,
渐渐把姑娘忘记。

后来还有一个小勐,
名字叫做勐曼答兰,
这个小国也有个王子,
也已到了婚娶年纪。

这个王子想娶个王子妃,
要找一个门当户对的伴侣,
他约勐巴拉纳西王子和其他同伴,
这些同伴全是王家子弟。

其中有一个是勐西拉国王子,
也正好年满十六岁尚未娶妻,
还有一个是勐坦叉罗那国王子,
同样为找老婆到处寻觅。

第四十四章

他们几个王家子弟,
商量着想去碰碰运气,
婻乌莎已远近闻名,
小伙子都仰慕这个美女。

经过一番商量,
他们拿出了主意,
他们不敢对外声张,
因为个个心中无底。

"这个勐迦湿公主,
不知究竟有多美丽,
她择婿的条件这样子,
其中必定有道理。

"我们可不能小看,
娶亲不成威风扫地,
我们不如隐姓埋名,
潜进王城摸清底细。

"偷偷去试那把神弓,
看它究竟是什么东西,
试一下有多沉多硬,
是不是真的很神奇。

"那弓究竟值多少钱,
要拉动它需多大力气,
听说谁能拉动这把弓,
谁就能娶到那位美女。

"现在我们几个好朋友,
谁也不要争高低,
大家都去试试看,
到底谁有那份福气。

"不过大家千万注意,
不可暴露身份和住地,
拉不动弓就老实归来,
不要在那里耍赖发脾气。"

几个好友相邀同往,
各自带着武功师兄弟,
一道起程去勐迦湿,
去争夺闻名天下的美女。

他们跋山涉水不辞辛劳,
穿越林海跨过九十九条江,
又转了九十九道弯,
一共走了九十九个白天夜晚。

这伙人终于到达目的地,
他们装成赶摆的模样,
在王城里寻找王宫位置,
去到了广场的塔楼旁。

他们找到悬挂神弓的地方,
几个人围在一块对神弓细看,
他们看不出有何稀奇,
认为这把神弓也十分平常。

于是他们动手拉弓,
使出了吃奶的力气,
有的拉得脸红耳赤,
有的拉得直喘粗气。

没有人能把弓弦拉动,
尽管费了九牛二虎之力,
他们只好悄悄离开,
返回各自的家乡。

不久这消息传开,
传到十六个国家王宫,
那十六个国家的王族子弟,
也不服气纷纷前来尝试。

他们陆续来到勐迦湿,
结果全是神弓的手下败将,
婻乌莎与神弓的故事越传越神,
一时间沸沸扬扬。

第四十五章
天神牵线变金鹿
巴罗逐鹿遇乌莎

听吧，现在哥要继续唱，
哥要唱佛祖的前世巴罗，
　他有福分当上大国王，
在院子里追金鹿的故事。

　　故事的起因是帕雅因，
他为让巴罗得到乌莎，
　颇费心思苦思冥想，
想了好久才找到良策。

其实王子们求婚的经过，
天上帕雅因早已清楚，
　他知道婻乌莎的姻缘，
就吩咐韦术甘麻天神说：

　　"韦术甘麻天神啊，
你就变成一只金鹿，
　走进巴罗的仙宫，
到宫殿的院子里去。

　　"然后你再施法，
注入巴罗的心里，
　让他产生幻觉，
一门心思去追金鹿。

　　"如果你今天前往，
可以缩短巴罗追金鹿的路程，
　让他一天就能到达勐迦湿，
可以增强他的信心。

"你先把巴罗引进勐迦湿王城,
再把他引到乌莎的塔楼下,
到了塔楼下的院子里,
你的事情完成就可以消失。

"到时你可以施行法术,
不要让其他人看见巴罗,
只让乌莎一人看见他,
只让乌莎一人听到他的声音。"

韦术甘麻天神说:
"天王,遵命!
奴马上离开仙界,
变化成一只金鹿。

"奴去到巴罗的宫殿,
到宫殿的院子里,
接着奴又施展法术,
注入巴罗的心里。

"等到巴罗看到金鹿,
产生追金鹿的念头,
金鹿随即跑出王宫,
让他紧追不放。"

韦术甘麻天神说完后,
就离开仙界前往勐邦果,
去实施帕雅因的计划,
他心中有数从容行动。

缘分之事前世注定,
鲜花要到季节才开放,
如果不是姑娘意中人,
那把神弓永远不开张。

如今各勐的王子都试过,
唯有勐邦果的王子未曾拉弓,
他还没有到过勐迦湿,
他从未见过乌莎姑娘。

这位王子就是帕巴罗,
他与乌莎同为神仙下凡,
他也从来不食人间烟火,
他的生活习惯同神仙一般。

巴罗也没有大小便,
全身散发出芬芳清香,
他同乌莎有缘分,
他俩的习惯全一样。

帕雅因是个有心人,
他给巴罗作安排,
他派天神到勐邦果,
暗地里把好事成全。

天神变成一只受伤金鹿,
走起路一拐一歪很艰难,
这鹿的两角全是金色,
闪闪发光非常耀眼。

金鹿来到勐邦果王城里,
在王宫花园里东跑西窜,
福星高照的帕巴罗啊,
这时正在花园里散步。

他带着几位如花似玉的仙妻,
还有一大群宫女围在身旁,
他们在花园里欣赏美景,
笑声朗朗兴致盎然。

就在他们兴高采烈的时候,
那只受伤金鹿走到跟前,
但见金鹿头上的两只角,
闪射出耀眼的金色光芒。

金鹿像在寻食野果,
悠闲自得不慌不忙,
那样子非常可爱,
那对金鹿角非常漂亮。

当他们看到金鹿腿部，
才发现它已经受伤，
巴罗动了恻隐之心，
想为它治疗养伤。

他于是告诉几位仙妻，
要她们先回仙宫楼房，
他要去追捕金鹿，
把它带回来养伤。

妻子们听从帕巴罗旨意，
先回仙宫楼房，
待妻子们离开花园，
巴罗骑上骏马把金鹿追赶。

他想活捉这只金鹿，
没有用弓箭和刀枪，
他不愿伤害生灵，
不能让受伤金鹿雪上加霜。

那金鹿虽然腿部受伤，
奔跑起来并不慢，
尽管巴罗拼命追赶，
始终没能靠近它身旁。

巴罗并不气馁，
他尾随金鹿紧追不放，
巴罗能跑也能飞，
那速度无人能比上。

金鹿把他引到勐迦湿，
这时太阳已经下山，
突然金鹿消失在暮色中，
它的踪影再也看不见。

巴罗搜遍所有丛林，
找遍所有的山冈，
始终不见金鹿的足迹，
他突然感到茫然。

巴罗感到奇怪和惋惜，
他脑子里产生联想，
心里暗自思忖，
才发现事情不简单。

"我究竟到了什么地方，
为何到处雾气茫茫？
我可能找不到回头路，
莫非我又回到了天堂？

"难道魔鬼在勾引我，
让我受骗上当？
难道魔鬼想要我的命，
用我的肉充饥肠？

"莫非我害怕魔鬼不成，
我是不是真正男子汉，
我从来天不怕地不怕，
难道还怕鬼怪对我侵犯？

"不管这里是什么地方，
我不害怕不投降，
我要战胜一切邪恶，
我要做个真正男子汉。"

帕巴罗抬头远望，
看到一座十二层塔楼，
这塔楼像十二截脖子，
如同仙妻住的金塔楼。

当他再仔细看的时候，
东方已经开始发亮，
一轮红日冉冉升起，
宽阔的坝子洒满阳光。

此时他才意识到，
他到达这里时已是晚上，
那时到处一片漆黑，
以为到了魔鬼住的地方。

其实他在勐迦湿王城，
已经整整待了一个晚上，
那时什么也看不清楚，
也看不到十二层塔楼。

如今黎明的阳光普照，
看清了美丽王城风光，
昨晚是傣历正月十四，
群星围着北斗和月亮。

他静下心来慢慢回想，
回忆昨晚经过的情况，
他糊里糊涂来到这座王城，
醒来时已见到黎明的曙光。

他于是称这王城为黎明之城，
是那只金鹿把他引到这地方，
他喜欢这块美丽的土地，
他感谢金鹿的指引和帮忙。

他潜伏到塔楼下，
见到塔楼里的乌莎姑娘，
她独自一人坐在塔楼里，
容貌美丽可爱又端庄。

乌莎的美艳让人窒息，
巴罗内心如翻滚的波浪，
他忘记了自己的身份，
悄悄地小声呼唤姑娘：

"美丽迷人的小妹妹啊，
你像人的眼珠子一样，
阿哥从来没有到过这里，
我能不能询问妹妹的情况？

"小妹妹啊小妹妹，
你是一只金凤凰，
不知是否已被金笼关？
不知是否与男人配成双？

"啊，可爱的小妹妹，
不知有没有人绕着塔楼转，
　不知有没有人打上记号，
　　塔楼是否有人把守阻拦？

　　"莫非妹妹已经有情人，
　　只是暂时一人守空房？
　　哥哥只敢小声询问你，
　能否请你把心事对我讲。"

　　　美丽的婻乌莎姑娘，
　　早已闻到巴罗的芳香，
　她意识到巴罗是个仙人，
　　就用温柔的语气呼唤：

　　　　"亲爱的哥哥啊，
　　妹妹的小花朵刚开放，
　采花的蜜蜂未闻到芳香，
我的花粉不知蜜蜂是否喜欢？

　　"妹妹这朵花不起眼，
　没人动手拉扯她的花瓣，
　　塔楼下曾经有人走过，
　　只是用眼睛远远偷看。

　　"没有人爬进塔楼内，
　　我始终一人睡金床，
　塔楼里没有男人脚印，
像哥哥这样跟我讲话还是第一桩。

　"要想闯进塔楼的人不少，
　　　他们都缺乏胆量，
　　这些想进来的小伙子，
　无法登上这座金塔楼。

　　"我这里有重兵把守，
　　没有本事的人上不来，
　我这里没留下男人脚印，
　　想进来比上天还难。

"莫非阿哥是帕雅因天王,
莫非阿哥从天而降,
莫非阿哥是金翅鸟王出来捕龙,
莫非阿哥是海龙王出来游玩?

"阿哥到这里想干什么?
请你坦诚对我讲,
免得妹妹乱猜疑,
免得妹妹结愁肠。"

巴罗听了姑娘一席话,
顿时疑云散去心头亮,
他用最美好的语言,
送给眼前美丽的姑娘:

"缅桂花般的妹妹啊,
你是世上最美的姑娘,
阿哥在楼下看了好久,
才下决心向妹妹开腔。

"也许你我之间有缘分,
也许我俩应结对成双,
你的塔楼没有进过小伙子,
我很想同你共枕同床。

"阿哥不是帕雅因下凡,
阿哥也不是捕龙的金翅鸟王,
阿哥不是吃人的魔鬼,
阿哥也不是来游玩的龙王。

"阿哥是普通的常人,
阿哥想开眼界走走看看,
想看看人间的美丽景色,
到底有多少迷人的地方。

"阿哥的故乡在勐邦果,
那里有我的爷爷和爹娘,
我还有弟弟和妹妹,
我的国土非常宽广。

"阿哥听说妹妹是仙女,
　独自一个人投生下凡,
听说有很多人向你求婚,
　哥哥才飞到你的塔楼旁。

"阿哥悄悄地进来张望,
　看看妹妹究竟是什么样,
阿哥对你产生爱慕之情,
　想同妹妹相伴成为鸳鸯。

"妹妹一个人好孤单,
　如同大海中的一只孤鸟,
阿哥对妹生发怜悯之情,
　不知妹妹对此有何感想?

"如果妹妹已有情人,
　阿哥不会来冒犯,
阿哥不想犯下罪过,
　以免日后被人说三道四。

"现在阿哥想问妹妹,
　你们这里叫什么地方,
父母亲给妹妹取什么名字,
　妹妹能否坦率地对我讲?"

　　这时的婻乌莎姑娘,
　心里有头小鹿跳个没完,
　　她开口回答巴罗提问,
　脸上红得如熟透的槟榔。

　　婻乌莎听了巴罗问话,
　　羞答答地回答询问:
　　"英俊美貌的哥哥呀,
　　奴本来是梵天界的女神。

　　"当奴还很小的时候,
　　爷爷就把奴交给帕雅因,
　　爷爷名字叫帕那罗延那,
　　他是最疼爱奴的长辈。

"他让帕雅因去做一件事,
在雪山林大湖里变出一座仙宫,
湖里长满了璀璨夺目的莲花,
然后把奴放在莲花里。

帕腊西韦术塔的僧房在大湖旁,
原来韦术塔是奴的前世父亲,
正好他到湖里洗澡,
我们父女俩巧遇团圆。

"所以说妹妹出生较奇特,
由一朵金莲花孕育生长,
妹妹生下后无依无靠,
是帕腊西父亲将我收养。

"后来妹妹住在雪山林,
与帕腊西父亲共度时光,
再后来妹妹长大成人,
父亲让妹妹投靠帕板王。

"我就当了帕板王的干女儿,
父亲就是帕板捧麻典王,
我从此成为勐迦湿国的公主,
享有很高的声望。"

巴罗听后又说道:
"敬请妹妹听分明,
美貌的婻乌莎公主啊,
哥的名字叫做巴罗。

"哥哥生下那天起,
就不吃人间的东西,
只吃仙界的食物,
所以没有腥臭屎尿味。

"哥也有妹妹的体香,
说明哥哥没说谎,
我俩的体香同味道,
这就是前世好姻缘。

"哥住在一个美丽的地方,
　　那个地方叫做勐邦果,
哥管辖着一百零一个勐,
　　这些勐都属勐邦果联邦。

"哥的母亲名叫婻迪芭玛丽,
　　她是帕那罗延那的女儿,
帕那罗延那也是妹妹的爷爷,
　　咱俩都是他的孙辈。

"哥的父亲名叫丙比桑,
　　他是帕亨达王爷的儿子,
帕亨达就是哥哥我的爷爷,
　　他治理勐达腊迦。

"昨天哥看见一只金鹿,
　　它腿部受伤可怜兮兮,
哥想替金鹿疗疗伤,
　　就追赶金鹿来到这里。

"哥追金鹿来到妹妹塔楼下,
　　金鹿突然消失不知去向,
莫非是天神特意的安排,
　　好让哥哥与妹妹来相见?"

乌莎用情话挑逗巴罗说:
"被乌云遮住的月亮啊,
　　当乌云散开后才看得见,
被群星拥抱显得更明亮。

"妹妹像一只丑陋的乌鸦,
　　却梦想与金凤凰结成双,
妹的福气可能不多,
　　得见哥哥已经心满意足。

"如果哥不嫌妹妹长得丑,
　　那就请哥哥走到妹妹跟前,
好让妹妹看清哥哥的容颜,
　　满足妹妹对哥哥的美好心愿。

"妹已闻到阿哥的芳香,
如同置身花海一般,
请阿哥快进屋里坐,
让阿妹把哥哥好好看。"

两人的想法不谋而合,
英俊的巴罗也是那样想,
也非常想亲近乌莎公主,
他轻轻一跃就上了楼房。

或许乌莎看出巴罗心事,
但又必须把丑话说在前,
她已意识到自己深爱巴罗,
也期盼着能同巴罗结对成双。

她想到父亲拉神弓的条件,
心里忐忑不安,
之前所有求婚者都失败,
不知道这神弓有啥名堂。

我虽然很爱巴罗王子,
但父亲的要求不能违反,
巴罗如果也拉不动神弓,
说明我与巴罗没有姻缘。

可是我又那么喜欢帕巴罗,
他如果拉不动神弓我该怎么办?
我是个公主不能不自重,
我俩如果无缘只能劝他离开。

乌莎想到这里冷静下来,
她知道自己应该怎么做,
她必须让巴罗先试拉神弓,
他如果拉得动神弓就订终身。

"在妹妹来到勐迦湿之前,
帕腊西对妹妹牵肠挂肚,
对妹妹的婚事有一番交代,
求婚者必须按他的规矩办。

"就是要把神弓的弦拉起,
　　把它定在拉满的地方,
　　如果谁能拉动这根弓弦,
　　谁就可以做我的新郎官。

"在此之前的日子里,
　　求婚的小伙子络绎不绝,
　　他们都是各国的王子,
　　但没有一个能把弦拉开。

"王子们高兴而来扫兴而归,
　　一个个摇头叹气大失所望,
　　他们都无法向我求婚,
　　妹妹至今未找到如意郎。

"现在阿哥已了解我的情况,
　　这件事妹妹不敢相瞒,
　　哥也得先到楼下去试拉神弓,
　　不知道阿哥心里头会怎么想?"

这时巴罗已明白她的意思,
　　知道这位仙女同自己有缘,
　　因为她也有同样的芳香体气,
　　也许是上苍有意来帮他的忙。

他一跃下楼去塔楼旁摘下神弓,
　　提着神弓回到乌莎身旁,
　　巴罗站在乌莎的面前,
　　轻轻松松就把弓弦拉满。

婻乌莎看到巴罗拉动神弓,
　　认定巴罗就是情郎,
　　婻乌莎心里暗自高兴,
　　这个女婿父王定会喜欢。

既然符合招婿的条件,
　　乌莎完全打消了顾虑,
　　拉动神弓好比订了终身,
　　爱情的烈火从此点燃。

她拿出柔软的坐垫,
让巴罗坐下,
还拿出名贵仙食,
招待巴罗用膳。

英俊潇洒的帕巴罗,
也请姑娘一道用餐,
婻乌莎非常高兴,
与巴罗面对面边吃边谈。

他俩互递眼神,
互相喂吃槟榔,
美丽热情的少女,
闯进了巴罗心坎。

他对婻乌莎仙女说,
妹妹像天上的月亮,
婻乌莎对帕巴罗说,
哥哥像天上的太阳。

她抑制不住心中激动,
起身移到他的身旁,
他情不自禁伸开双臂,
把她紧紧搂在怀里。

圆圆的月亮挂在天上,
美景触动乌莎姑娘,
她微笑着看着巴罗,
向他倾诉心底的向往:

"今晚是正月十五月正圆,
福气让你我享受这美好时光,
我们要好好地欢乐,
尽情地将甜蜜品尝。

"今晚月朗风清,
今晚星光灿烂,
妹妹请求阿哥,
把妹妹紧抱不放。

"妹妹不知阿哥的心情,
妹妹不知阿哥怎么想,
也许妹妹在阿哥眼里,
没有美好的形象。

"如果妹在哥心目中没位置,
如果妹对阿哥没有吸引力,
说明妹妹没有好模样,
在阿哥眼里黯然失色。

"一个女子如果没有好模样,
如同鲜花没有诱人的芳香,
一个女子如果没有好身材,
如同乌云遮住太阳失去光芒。

"这样的女子男人不喜欢,
这样的女子没有人想看,
这样的女子引不起阿哥的激情,
也就失去心灵的呼唤。

"请阿哥告诉我心里话,
请阿哥打开心灵门窗,
妹妹已经向阿哥表白,
爱情的花朵已向阿哥开放。

"妹妹从心底里喜欢阿哥,
妹妹想同阿哥相依相伴,
妹妹同阿哥生死不分离,
妹妹把这美好福分祈盼。

"妹妹好比一只小鸟,
哥哥如同大树参天,
小鸟依偎在大树上,
在大树福荫下成长。

"小鸟在大树上欢叫,
小鸟在大树上蹦跳,
小鸟在大树上筑窝,
小鸟在窝里下蛋。

"妹妹有着甜蜜的希望,
好想同哥哥睡在金床上,
同盖一床金棉被,
享受无比欢乐的时光。

"阿哥啊妹妹心上的宝石,
不知你的光芒能否照在我身上,
让我俩能天天厮守在一起,
不分白天黑夜陪伴在你身旁。"

英俊强壮的巴罗,
全身心听乌莎诉衷肠,
他的双手紧紧搂着她,
激动地对姑娘讲:

"亲爱的妹妹啊,
你是我的宝贝心肝,
我对你一见钟情,
我对你的爱说不完。

"也许我俩前世有缘分,
前世的缘分永远割不断,
此时此刻我俩来团聚,
这是命运安排上天的主张。

"我俩前生前世呀,
也许同滴一滴水在地上,
大地女神记住我俩誓言,
特意安排我俩相聚团圆。

"现在我俩得以相遇,
都是前世积德行善,
给我们带来了回报,
让我们有福同享。

"既然阿哥已经来到,
我俩就是夫妻成双,
我俩同吃仙人食物,
我俩身上有同样的芳香。

"我们应该听从命运安排，
　　缘分不会把你我分散，
　　　我们将永远在一起，
实现前世结下的姻缘。"

　　　　　两人倾诉感情，
　　　　　两人情意绵绵，
　　当夜两人同床共枕，
　　　　共度美好时光。

　　他俩晚上同床共枕，
　　他俩白天谈情说爱，
　　共同度过甜蜜之夜，
一道进入美好的梦乡。

　　　　晚上过了是白天，
　　白天过了又是夜晚，
他俩在一起没日没夜，
有人发现却没人声张。

第四十六章
帕板王棒打鸳鸯
巴罗乌莎遇麻烦

听吧,现在哥要继续歌唱,
歌唱婻乌莎和帕巴罗的故事,
乌莎和巴罗虽然倾心相爱,
但要成为夫妻还不那么容易。

下面接着把故事继续讲,
讲他们甜蜜过后遇到的麻烦,
勐邦果和勐迦湿都是泱泱大国,
如果不和睦必将引发祸殃。

他俩在一起过得很幸福,
早把服侍的宫女遗忘,
其实宫女早已发觉他俩私情,
都看到他们非常恩爱。

宫女们看到帕巴罗如此英俊,
正好匹配婻乌莎姑娘,
他俩是天生的一对,
大家都不去妨碍。

这消息只能暂时保密,
却不能保得住日久天长,
有一天王子来找妹妹,
宫女们只好如实禀报。

乌莎的哥哥农板王子,
听到禀报心里不慌张,
他上到十二层塔楼,
想去弄清事情真相。

农板悄悄登上塔楼,
亲眼看到他俩卿卿我我,
正在一块谈情说爱,
证实宫女们没有说谎。

农板王子走进房里,
向巴罗询问情况,
对他俩表示同情,
俨然一副兄长模样:

"两个亲爱的弟妹啊,
你们两个真是好搭档,
巴罗是英俊小伙子,
小妹美丽又端庄。"

乌莎见王兄走进来,
担心他有什么想法,
急忙向哥哥来解释,
以免哥哥乱猜想:

"巴罗哥非常有才干,
他已经轻松将神弓拉开,
若不信可以让他再拉拉看,
这种事妹妹没有说谎。"

其实农板已心中有数,
相信妹妹不是轻浮姑娘,
就向她摆手表示不用试,
看得出他喜欢这个妹夫:

"你们两个都不是人间俗人,
同是天上的神仙下凡,
你俩结为夫妻是前世姻缘,
我双手赞成不必惊慌。

"不过我想询问巴罗兄弟,
不知你家住在什么地方?
你家里还有什么人?
请不必隐瞒直说无妨。"

听了农板王子的询问,
巴罗知道农板心地善良,
他正想开口回答农板,
婻乌莎已抢先把话讲:

"他出生在古老的勐邦果,
他父亲就是帕雅丙比桑,
为了替受伤金鹿疗伤,
追逐金鹿来到妹妹塔楼下。

"现在妹妹非常爱他,
我已成为他的一半,
妹妹要嫁给他为妻,
他就是我追求的新郎。"

农板听了妹妹的话,
心里更加清楚亮堂,
妹妹找到如意郎君,
哥哥当然也喜欢:

第四十六章

"既然相爱就顺其自然,
你俩可以开心慢慢谈,
你们两个极为相配,
要找这样的丈夫实在难。

"不过有一事我得提醒,
这件事应该禀报父王,
表明你俩真心相爱,
说明你俩心里的愿望。

"有什么事你们要直说,
父王同意一切才好办,
终身大事非同小可,
千万不可怕麻烦。"

王子农板表明心意,
走出妹妹的金色塔楼,
知道妹妹找到好情人,
离开时心情好爽朗。

乌莎听完哥哥一席话，
就带巴罗去见父王，
两个人向帕板王施礼，
乌莎把心事说端详。

此时帕板王的儿子，
也站在父亲的身旁，
他诚心成全妹妹婚事，
也在一边为妹妹帮腔：

"妹妹真心喜欢小伙子，
这样的青年举世无双，
父王就答应妹妹婚事吧，
错过机缘再找就困难。"

帕板捧麻典听了王儿的话，
对小伙子从心底里喜欢，
但择婿原来定下了规矩，
任何人都不能违抗：

"女儿是神仙下凡，
带来的神弓非同一般，
要三千个大汉才能拉动，
拉动了才能当新郎官。"

农板也懂这个规矩，
娶他妹妹要先把神弓拉开，
但他竭力为巴罗说情，
因为他对巴罗有好印象：

"王儿已拿弓给他试过，
他很轻松地拉动弓弦，
王儿认为这小伙子不错，
就把他留下没禀报父王。"

婻乌莎也连连点头，
表示哥哥并没有说谎，
其实农板已听她说过，
他相信巴罗真有力量。

帕板捧麻典听了这番话，
　　　　心里暗自在思量：
　　"究竟这小伙子有多大能耐，
　　令王儿对他如此信任赞赏？"

　　帕板于是把巴罗叫上来，
　　　　亲自向他询问：
　　"你能轻松拉动弓弦吗，
　　你敢不敢当面拉给我看？"

　　巴罗的回答满不在乎：
　　　　"尊贵的大王啊，
　　这把神弓不够我玩，
　　拉动弓弦是小事一桩。"

　　帕板捧麻典听他这么一说，
　　就让人把乌莎的神弓拿来，
　　　　只见巴罗轻松上了弦，
　　像弹棉花似的把弓弦拉响。

　　在场的人看后都伸出舌头，
　　认为这小伙子实在不简单，
　　　　他拉神弓一点不费力气，
　　一人的力气赛过三千大汉。

　　国王又将自用的弓拿出来，
　　这是老祖宗留下的家传宝器，
　　　　国王把它摆在巴罗面前，
　　要他当场表演给众人看。

　　　　只见巴罗轻轻拉起，
　　　　样子一点也不紧张，
　　好像女孩子转动纺车轮子，
　　他不费吹灰之力就拉满弓弦。

　　帕板捧麻典看后心里吃惊：
　　　　"至今没有人能战胜我，
　　这小伙子究竟哪来的力量，
　　日后会不会给我带来麻烦？"

帕板捧麻典国王,
面对巴罗坐立不安,
此时他想的不是选女婿,
而是如何保住江山。

巴罗没有考虑这一点,
他想的是娶乌莎姑娘,
他们俩跪在国王面前,
双手合十请求结对成双。

帕板看到这情形,
心里感到很为难,
是否该同意这门亲事,
他考虑后慢悠悠地讲:

"既然你俩有这个愿望,
为父还得仔细思量一番,
婚姻大事非同儿戏,
我得考虑一段时间。

"你们等待我的消息,
到时候我自有主张,
该同意时我会批准,
决定权全在为父手上。"

两个年轻人于是拜别国王,
走出那金碧辉煌的殿堂,
他们要等待国王的消息,
就一道回到十二层金塔楼上。

他俩回到塔楼之后,
巴罗对婻乌莎公主讲:
"乌莎妹妹呀,
哥有一种不祥预感。

"妹的父亲好像对哥生气,
因为哥来住了这么长时间,
哥还没有敬献礼品,
这个于情于理都无法圆场。

"哪怕一点槟榔或蒌叶,
抑或茶叶和烟叶也没敬上,
所以妹的父亲好像不高兴,
这个所有做父亲的都一样。

"所以哥哥准备回勐邦果,
向父王丙比桑禀明情况,
准备好丰厚聘礼和礼金,
还有大象马匹等礼品。

"再来把妹迎娶回去,
这样做才顺理成章,
哥和妹约定一个月时间,
一个月后哥一定回到妹身旁。"

婻乌莎听了巴罗的话,
不无担忧地对巴罗讲:
"奴的巴罗哥呀,
哥所说的话顺理成章。

"可是妹妹心里有担忧,
万一哥回到勐邦果就变卦,
因为哥家里还有四位仙妻,
如果她们不让你走怎么办?

"有那些仙女陪伴哥,
哥哥很快就会把妹忘,
哥哥就不想再回来了,
抛下妹这个最小的妻子。

"奴心爱的巴罗哥呀,
要是哥欺骗妹不再回来,
妹独守空房无法度时光,
妹将悲伤而死亡。"

巴罗听后连忙回答说:
"乌莎妹妹啊,
哥的宝贝心肝,
哥哥绝对不是那种人。

"哥立下的誓约坚如磐石,
稳固得如同须弥山,
哥绝不会背信弃义,
把妹妹丢在这里不管!

"要是哥欺骗了妹妹,
让哥脸朝黄土扑地而亡,
就算哥回去见到妻子们,
也绝不忘记我俩相爱的誓言!

"哥还要说服哥的四位妻子,
让她们与你像姐妹一样,
今后同妹妹你和睦相处,
绝不允许姐妹之间相残!"

婻乌莎公主依然非常伤心,
她不想离开心爱的伴侣,
她紧紧搂住巴罗不停亲吻,
不知不觉太阳已经落山。

第二天早晨起床后,
巴罗就向乌莎告别说:
"哥心爱的妹妹呀,
哥确实应该返回家乡。

"哥的心肝宝贝呀,
妹就在这里等哥回来吧,
妹就想着哥没有走,
一直陪在妹妹你身旁。

"一个月时间没多久,
一个月后哥就会回来,
请妹妹等着哥哥,
请妹妹把心放宽。"

巴罗说完之后,
就骑上自己的神马,
向乌莎挥手跃入空中,
向着太阳升起的东方飞奔。

帕巴罗离开勐迦湿之后,
婻乌莎公主整天躲在塔楼,
她十分伤心和痛苦,
每时每刻都在以泪洗面。

她每天都双手合十,
举至头顶向天祈祷:
"巴罗哥哥呀,妹的主,
你究竟什么时候才回来?

"妹找遍了寝宫的每一个角落,
可是哪里都见不到哥的身影,
妹每天都在思念都在盼望,
却不见哥回来睡在妹身旁。

"妹就像呼唤公鸡的母鸡一样,
一声声不停地把哥呼唤,
妹深深地爱着情哥哥,
可哥却不爱妹返回到家乡。

"妹每夜都梦见有哥陪伴,
可伸手一摸却只摸到被单,
心爱的巴罗哥呀,
赶快回到妹的身旁。

"英俊美貌的巴罗哥呀,
你的容貌就如同金子一样,
英俊美貌的巴罗哥呀,
你就像那帕雅因神王!

"英俊美貌的巴罗哥呀,
妹一刻也不想离开你,
英俊美貌的巴罗哥呀,
你千万不可把妹遗忘。

"即使妹遇见更美更有福的王子,
妹也绝不会离开哥哥身旁,
就算遇见最美最有福的男人,
妹也不会离开哥去和别人相伴。

"如果哥不再回来陪伴妹,
那妹妹我该怎么办?
妹就好比是一棵芒果树,
是鸟儿飞来吃果子的地方。

"鸟儿正叽叽喳喳地吃芒果,
却被猎人捉去吃光,
猎人把鸟捉去后,
丢下那熟透的芒果在树上。

"这就像妹在幽静处盼情人,
不见情人只有妹独自忧伤,
清清的河流本是玩耍的地方,
却只见河水干枯露出泥浆。

"人们想到河里洗澡,
却只有泥沙和碴石,
被太阳暴晒干裂,
河床铺满烂草。

"我的情哥哥呀,
最英俊的帕巴罗!
连母马也会声声嘶鸣,
苦苦把伴侣呼唤。

"而听到嘶鸣的公马,
会狂奔过去亲热交欢,
不像妹妹我那么孤独,
离开情哥哥这样悲伤。

"就像芒果树上的两只斑鸠,
停歇在树枝上成对成双,
它们共享芒果的甘甜,
一块儿在树枝上相依相伴。

"突然来了一只鹞鹰,
抓走了那只雄斑鸠,
丢下雌斑鸠孤苦伶仃,
伤心哭泣苦苦呼唤。

"妹就像那只雌斑鸠,
思念情郎肝肠寸断,
期盼情哥哥快回来,
不要像雄斑鸠那样。

"每当太阳落山夜幕降临,
妹就到处寻找四下观望,
心想俊哥哥就要到妹房里,
妹就高兴得急忙打开窗。

"谁知妹妹每次把窗推开,
却始终不见妹妹的情郎,
每次开窗每次都是失望,
每次开窗每次都徒增悲伤。

"不见情哥妹妹胸闷得要爆炸,
只有伤心痛哭把哥哥呼唤,
再这样下去妹妹肯定会被拖垮,
到时满脸憔悴怎能见情郎?

"巴罗哥来采花把妹妹破了身,
可惜同睡后哥就去了远方,
哎呀呀妹妹实在痛苦啊,
被哥哥抛弃我该怎么办?

"你把小奴独自一人丢在这里,
去陪伴花朵般的仙女和金纳丽,
妹从早到晚都在把哥呼唤,
只盼巴罗哥快回到妹身旁。

"妹英俊的巴罗哥呀,
你现在到底在什么地方?
你可听到妹在呼唤你,
你要是听见就快回转。

"赶快回来陪伴妹妹,
妹妹我实在太孤单,
妹妹天天都在哭泣,
妹妹的泪水已快流干。"

佛祖世尊感情充沛,
讲完这段故事又停下来,
他又要回头进行小结,
对众比丘和释迦族讲:

"众比丘啊,
当巴罗离开之后,
婻乌莎的塔楼空荡荡,
乌莎公主孤独彷徨。

"她担忧和挂念巴罗,
思念她心爱的情郎,
她天天都在仙宫哭泣,
她天天呼唤极度悲伤。"

第四十七章

返乡途中遇树仙
真情感动恻隐心

ပ္ဍိဲ ၄၇ ၢျရက္ဍဇေဝကၢၛၛ
ၛဉ္ၛ်သိေဇဟၢဝ်သျ်ၵ

听吧，金莲花般的姑娘，
像莲花盛开在湖面一样，
每当太阳落山的时候，
晚风吹来阵阵莲花的清香。

哥现在要继续歌唱，
让爱情之歌在林中回荡，
帕巴罗这位菩提萨尊者，
因为出类拔萃艳福不断。

他告别了婻乌莎公主后，
就骑着神马离开了勐迦湿，
他朝着太阳升起的东方飞行，
风驰电掣速度飞快。

才一会儿就离勐迦湿很远，
细算起来有三十由旬远，
帕巴罗突然停下了飞行，
他仿佛没有向前飞的力量。

他想起心爱的婻乌莎，
失去了回家乡的方向，
他前面是一片大森林，
他于是朝下面观望。

看到林中有一个大湖，
湖水碧绿清澈明亮，
湖面宽大有一百庹，
是个洗澡游泳的好地方。

湖里生长着各种颜色的莲花,
有红莲、青莲和白莲,
还有各种各样花草,
鲜花散发出诱人芳香。

浓浓的香味令人陶醉,
灿烂的花朵令人心旷神怡,
蜜蜂和铁嘴蜂来回穿梭,
在花间飞行非常繁忙。

蜂儿采集着香甜的花蜜,
嗡嗡的叫声显得很欢畅,
湖边生长着各种各样的树木,
枝叶茂盛把大地遮挡。

有枝高叶茂的大榕树,
还有枝繁叶茂的腊肠树,
柔软的垂柳如窈窕淑女,
笔直挺立的埋杨桦①很好看。

长蕊紫薇挂下繁花串串,
高大的攀枝花树非常壮观,
刺桐树的花像一束束红火苗,
厚皮柠檬垂挂枝头满树橙黄。

各种鲜花争奇斗艳,
各种果实随处可见,
绿油油的树叶遮天蔽日,
湖光山色令人流连忘返。

湖水清澈花草繁多的大湖,
也是鱼虾和鸟类栖息的地方,
大鸟不停啄吃着果实,
小鸟吸食花蜜如饮琼浆。

---

①埋杨桦:傣语,一种树名。

湖水是鱼虾的乐园，
森林是鸟类的天堂，
无数生灵聚集在这里，
传宗接代日久天长。

鸟类繁多数不胜数，
有金孔雀和诺达拉瓦雕，
还有犀鸟和诺盆洛鸟，
鱼鹰和鹭鸶以及凤凰。

它们常常到湖边嬉戏，
和睦相处从不相残，
它们各吃各的食物，
各自的喜爱不一样。

地面上有鹌鹑有秧鸡，
还有翠鸟、野鸡和水鸭，
成群结队在林子里觅食，
成群的红嘴雀栖息在树枝上。

天上还有很多斑鸠和野鸽，
没人追打自由自在地飞翔，
树林里有马鹿、犀牛和虎豹，
还有野狼和长鼻子大象。

它们生活在原始森林里，
这片森林有三千由旬宽，
帕巴罗停留在半空中，
他仔细地往森林里俯瞰。

他于是从空中降落，
走进这望不到头的林海，
他停在一棵大榕树下，
坐在一百庹高的树下休息。

在这片无边无际的森林里，
有一位容貌美丽的姑娘，
她的名字叫婻桑迦，
她是这片森林里的女仙。

她的金塔楼就在树上面,
在这棵大榕树的树顶上,
婻桑迦仙女见到帕巴罗,
长得美貌英俊又可爱。

她心里暗暗爱上了帕巴罗,
产生想与巴罗结合的欲望,
她迅速变出一间凉亭,
立在帕巴罗的正前方。

她在里面摆上仙食,
还有甘甜泉水可供解渴,
她理解旅人需要什么,
就去邀请帕巴罗说:

"奴的主啊,
美貌英俊的好哥哥,
请到奴的凉亭里休息,
快活快活多自在!"

帕巴罗受到仙女邀请,
走进那个漂亮的凉亭里,
痛痛快快享受过仙食后,
帕巴罗就想在凉亭里睡一觉。

帕巴罗稍微静下心来,
就想起了乌莎姑娘,
他不禁伤心落泪,
旁若无人地哭着说:

"哎哟喂,
哥思念的情人乌莎妹哟,
你可知哥为你痛苦忧伤,
你可知哥为你肝肠寸断!

"哥只要一进屋就哭着找你,
我的心肝宝贝你是否听见?
哥每天晚上都在思念你,
美丽俊俏的乌莎啊!

"你为什么还不来找哥哥,
哥想见到你已望眼欲穿,
哥多么想能立即见到你,
同你搂抱在一起互诉衷肠。

"那林中的凤凰和动物,
它们虽然生活得很艰难,
但它们仍然鸣叫得清脆欢快,
因为它们成双成对相伴。

"我这个巴罗呀,
很懂得怜香惜玉,
是个有情有义之人,
并非铁石心肠。

"自从离开了妹的塔楼,
哥才感觉到无比孤单,
如今我们距离遥远,
只有苦愁与哥相伴。

"每当哥进屋要睡时,
哥就必定会把妹想,
哥低着头四处找寻,
也见不到你的踪影。

"哥离开俊俏的妹感到寂寞,
哥离妹实在太遥远,
即使哥遇见很多金纳丽,
哥的心也还是留在妹身上。

"即使哥遇见天界最美的仙女,
哥爱妹的心也绝不会改变,
哥已向妹妹你赌咒发誓,
哥爱妹妹如同磐石一样。

"哥好比那鱼儿游玩的河,
离开了鱼儿就只是空奔忙,
就像哥离开了美丽的妹妹,
独自到遥远的地方去一样。

"哥感到万分忧愁和痛苦,
心情烦乱地把妹呼唤,
离开母亲的伤心和痛苦,
也不如离开情人那样伤感。

"我们两个这样一分别,
哥的心里就只剩下迷惘,
哥对妹的苦苦思念,
就像帕雅因和苏扎娜一般。

"哥离开乌莎妹妹到森林里,
在林中遇见了一位俏姑娘,
哥心中就想起了俊俏的你,
哥一想到妹就伤心得哭泣。

"哥的眼睛在把妹找寻,
妹却消失得无踪无影,
巴罗哥离开了乌莎妹,
如同小鸟离开了窝巢。

"巴罗哥离别了情妹妹,
所有的欢乐都全丢光,
金凤凰不会混在乌鸦群里玩,
俊男儿只希望同如意人相伴。

"我一个英雄的男子汉,
却不能搂着心爱美人同床,
凤凰不会与别的鸟为伴,
只歇在林中将伴侣呼唤。

"它们总是陪在伴侣身边,
从不让伴侣离开自己身旁,
哥连树林里的小鸟都不如,
怎能称得上是个男子汉?

"哥有时听到羊儿呼唤伴侣,
动人的叫声回荡在崖顶上,
哥见不到妹心里非常挂念,
哥想妹想得泪流不断。

"伤心的泪水伴着哥,
为何哥还见不到妹妹脸庞?
乌莎妹妹呀哥哥的心肝,
你是否听得到哥对你呼唤?

"哥真是羡慕那些绿斑鸠,
成群成对停歇在树枝上,
哥羡慕斑鸠互相应答,
栖息在树枝上成对成双。

"哥的情人呀你在哪里?
哥找遍森林也不见妹的踪迹,
哥只看见喜鹊歇在枝头啼鸣,
互相寻觅声声呼唤。

"哥只看见树枝上的八哥,
卿卿我我互相爱抚成对成双,
哥只听见情人啊、情人啊的叫声,
那是长臂猿在呼唤①。

"每当听到这种呼叫声,
更加重了哥哥的忧伤,
哥不能没有你呀妹妹,
我俩已山盟海誓不离散。

"哥睡在树叶铺成的垫子上,
长夜难眠辗转反侧挨到天亮,
朦胧中见到妹妹陪伴在身边,
醒来见不到你眼前空空荡荡。

"哥为何见不到俊俏的好妹妹,
见不到妹妹哥肠子快要哭断,
就好比小鸟被妈妈留在窝里,
黑乌鸦飞过来把它叼去。

---

①长臂猿呼唤同伴发出的"唔喂、唔喂"的声音,正是傣语"情人啊、情人啊"的谐音。

"也许是前世的罪孽来报应,
才使我不得不离开心爱的姑娘,
因为见不到你婀娜多姿的身影,
哥只能痛哭把心爱的妹妹呼唤。"

再说那位婻桑迦仙女,
看见了英俊的帕巴罗,
见他一直哭着呼唤情人,
婻桑迦仙女就向他问道:

"奴的帕巴罗哥呀,
英俊美貌的哥哥!
为何总是哭着呼唤情人?
为何如此伤心?

"你只说你的情人非常美,
可是她究竟有多美呀?
难道说哥的那位情人,
比奴还美十倍二十倍?

"奴还真想见上她一面,
可惜妹没有福气见到她,
请哥哥你告诉妹妹我,
可否让奴见她一面?

"不过得有个条件,
让妹帮助哥消除痛苦,
等哥的痛苦消除之后,
妹再去打听寻找她吧!"

帕巴罗一听就心里明白,
婻桑迦仙女已爱上自己,
他认为移情别恋不道德,
就平静地告诉婻桑迦仙女:

"婻桑迦仙女妹妹啊,
哥在勐迦湿已订下婚约,
要娶乌莎公主为妻,
我俩已有盟约不可改变。

"哥现在要回勐邦果,
　　去筹备聘礼求婚,
然后再去迎娶乌莎公主,
所以哥要抓紧时间回去。

"现在哥不但没回去,
却来到这里和妹妹在一起,
　　哥哥我想起情人,
　　就伤心地哭了起来。

　　"仙女妹妹呀,
哥哥确实很爱乌莎,
心里容不下其他女孩,
刚才的伤心你也看到。

"如果现在同妹妹上床,
　哥哥就成了个薄情郎,
这样的男人不值得你爱,
希望妹妹能体谅我的心情。

"如果妹妹真喜欢哥哥,
　我俩可以结拜为兄妹,
我俩今后可经常往来,
　我俩就像亲兄妹一样。

"哥实在很想念乌莎妹,
恨不得马上回到她身旁,
但不知乌莎妹妹怎么想,
是否也像哥哥一样牵心肠。

"如果乌莎妹不是这样,
哥的单相思就没有价值,
哥很想知道她在想什么,
　真希望有人能告诉我。

"这就是哥现在真正的心情,
希望有个人去探听个究竟,
如果妹能帮哥告诉乌莎,
哥哥我将对你永世难忘。"

婻桑迦仙女说：
"帕巴罗哥哥呀，
你确实有情又有义，
妹敬佩你五体投地。

"奴去给乌莎姐姐报信，
把哥哥的心情告诉她，
看乌莎姐姐怎么说，
我再回来告诉哥哥你。"

帕巴罗回答说：
"你真是个好妹妹，
哥哥对你非常感激，
今后会报答你的恩情。"

婻桑迦仙女说：
"妹妹被哥的真情感动，
真羡慕乌莎姐找到好丈夫，
明天妹就去告诉婻乌莎吧！"

帕巴罗回答说：
"哥实在对不起妹妹，
敬请妹妹能多多原谅，
有劳妹妹明天就起程。"

美貌的婻桑迦听后叹气，
她深知爱情不能勉强的道理，
就带着帕巴罗走出凉亭，
到自己的金塔楼里去。

她把仙床铺好之后，
请巴罗哥安心休息，
然后回到自己房间，
关起门后独自哭泣。

第二天天亮之后，
婻桑迦用金盘装上仙食，
恭敬地端来给帕巴罗吃，
巴罗亲切地对婻桑迦说：

"好妹妹也来一起吃吧,
两个人一块吃更香,
哥一个人吃不像话,
我俩应像兄妹一样。"

婻桑迦仙女听巴罗这样说,
就和菩提萨尊者一块儿用餐,
他俩一起享用着仙食,
非常惬意非常香甜。

吃过仙食之后,
婻桑迦去拿仙壶装水,
送给帕巴罗洗漱,
像妹妹一样服侍哥哥。

帕巴罗洗漱之后,
婻桑迦又起身,
去采来槟榔和蒌叶,
配好后给帕巴罗嚼食。

帕巴罗嚼过槟榔后,
对婻桑迦仙女说:
"仙女妹妹啊,
请你听哥哥讲。

"做人要有情有义,
要把五戒八戒记心上,
爱情不可以随意改变,
违反了五戒没好下场。

"哥哥会记住妹妹恩情,
会帮助妹妹找个如意郎君,
如果哥能娶回乌莎,
可以带着妹妹一起回乡。"

婻桑迦仙女说:
"妹妹的巴罗哥呀,
我不会离开这片森林,
妹要同森林共存亡。

"只要哥哥今后经常来看望,
妹妹就心满意足别无他想,
若是巴罗哥能娶回婻乌莎,
妹祝福哥哥嫂嫂地久天长。"

帕巴罗和婻桑迦俩,
把心里的话全说完,
眼看时间已经不早,
婻桑迦就向巴罗告辞:

"妹妹的巴罗哥哥呀,
我现在就准备起程,
去勐迦湿王城仙宫,
去告诉婻乌莎姐姐。"

婻桑迦仙女说完,
就施展自己的神通,
她轻盈地跃上空中,
向着日落方向飞行。

婻桑迦仙女速度很快,
如一只小燕子在空中飞行,
她只用一个时辰的时间,
就到了婻乌莎的仙宫旁。

她从空中降落下来,
径直走进婻乌莎的寝宫,
她一进门就见到婻乌莎,
正在伤心地哭泣。

婻桑迦装成不知情,
走到婻乌莎面前问道:
"神仙姐姐呀,
你为什么这样伤心哭泣?"

婻乌莎见到婻桑迦,
发现和自己一样美,
听了婻桑迦的问话,
就这样回答婻桑迦仙女:

"这位神仙妹妹呀,
奴是在呼唤亲爱的巴罗哥,
他追赶金鹿来到这里,
我们一见钟情深深相爱。

"我俩已订下终身,
我俩发誓要做夫妻,
奴已将身体相许,
生米已煮成了熟饭。

"巴罗哥许诺说要娶奴为妻,
说要回勐邦果去准备聘礼,
等他回勐邦果备好聘礼,
就转回来娶奴到勐邦果去。

"他那样说后就离开了,
独自一人回勐邦果去,
奴猜想他一定到家,
回到勐邦果做筹备。

"奴担心他见到四位妻子,
会把奴这边的事全忘记,
没去筹备求亲的聘礼,
忙着去陪伴他的那些仙妻。

"要是真这样的话,
你说奴会怎么想?
奴怕他忘了一切不再回来,
为此痛苦万分才伤心哭泣。"

婻桑迦听了之后,
就对婻乌莎公主说:
"婻乌莎公主姐姐呀,
巴罗哥去向奴知道底细。

"巴罗哥骑着神马,
离开勐迦湿之后,
路过一片大森林,
距这里三十由旬远。

"妹妹看见他走到大湖边,
就变出一座凉亭让他歇息,
妹妹在凉亭里摆上蒲团,
摆上仙食和仙水请他用膳。

"可是他一坐到蒲团上就大哭,
巴罗哥不停哭着呼唤姐姐您,
妹妹见他伤心的样子好心酸,
就走向前去安慰他:

"'英俊美貌的哥哥呀,
你这样哭着呼唤的人,
那人到底是谁呀,
她究竟叫什么名字?

"'莫非她比奴还要漂亮?
莫非她比奴更有吸引力?
奴真希望和她一样有福分,
得到哥来做情人做丈夫呀!'

"巴罗哥听后就说:
'婻桑迦仙女呀,
哥和乌莎相亲相爱,
我们已立下婚誓不会变化。

"'我俩立了婚誓之后,
哥就要回勐邦果去,
去准备求亲的聘礼,
然后回来迎娶婻乌莎。'

"巴罗哥停了一会又说:
'请妹妹原谅哥哥,
我不能够这样做,
哥哥不是个薄情郎。

"'哥不能移情别恋,
如果你可怜哥哥,
那就帮哥传递消息,
去告诉婻乌莎吧!

"'如果你愿意这样做,
哥就认你作干妹妹,
今后咱们就以兄妹相称,
你看这样做好不好?'

"本来妹妹想要他做丈夫,
可是他却说这样做不妥当,
他深深爱着姐姐您,
不能做一个薄情郎。

"妹妹为此也不勉强,
因为强扭的瓜不会甜,
我被他对你的真情感动,
放弃做他妻子的心愿。

"然后妹妹就开始行动,
来到姐姐您的仙府,
带来巴罗哥哥的消息,
事情的经过就是这样。"

嫡乌莎公主听后,
心里头无比感慨,
认为帕巴罗值得爱,
便对嫡桑迦仙女说:

"神仙妹妹呀,
巴罗哥确实有情有义,
他是个真正的男子汉,
姐姐我要爱他九百万年!

"奴肯定让哥哥回去,
赶快筹备提亲聘礼,
但要先把巴罗哥追回来,
让他知道奴的心思。

"请妹妹赶快回去,
把奴的话传给巴罗哥,
免得他三心二意,
这样奴才放得下心。

"请妹妹快回去,
把话传给巴罗哥,
让他先回来这里,
奴还有话要对他讲。

"拿聘礼的事可放慢,
不必要那么慌张,
等他来到这里之后,
再赶回去准备也无妨。"

婻乌莎公主所说的话,
全是帕雅因的主张,
他施法注入她的心里,
让她说出另有意图。

婻桑迦传递完消息,
并得到婻乌莎回音,
她就告辞婻乌莎公主,
飞回到自己的森林。

婻桑迦仙女回到森林,
将巴罗带到金塔楼里,
她先端出仙食和仙水,
然后对巴罗说:

"妹妹的巴罗哥哥呀,
妹妹已到了勐迦湿,
见到了婻乌莎公主,
把话一字不漏告诉她。

"婻乌莎听后说,
要让她的哥哥农板来,
把你追回勐迦湿,
和她再住一段时间。

"然后你再回勐邦果,
回去筹备求婚的聘礼,
筹备好聘礼再回勐迦湿,
再迎娶乌莎姐姐吧!"

婻桑迦仙女说得很详细,
她也不知道这样做的用意,
婻乌莎怎么说她就怎么传,
如实传递双方的消息。

当婻桑迦把话讲完,
才发现太阳已落山,
又到了吃晚饭的时间,
便招呼巴罗坐到饭桌旁。

婻桑迦用金盘装上仙食,
请帕巴罗吃晚餐,
两人一起享用仙食,
边吃边聊乐融融。

吃过仙食之后,
婻桑迦拿仙壶装水,
送来给帕巴罗洗漱,
这是一日三餐的习惯。

她接着采来槟榔和蒌叶,
配好后给帕巴罗嚼,
嚼过槟榔之后,
又去为巴罗铺床。

她为巴罗把仙被盖好,
才回到自己的仙房,
她仿佛做了件大好事,
非常惬意心里坦荡荡。

佛祖世尊又进行小结,
因为这段故事已讲完,
他重复了刚才的故事,
对比丘和释迦族王亲说:

"众比丘啊,
婻桑迦仙女不辞辛劳,
把消息带去告诉婻乌莎,
又细听对方的回话。

"她带着婻乌莎的回话,
回到她自己的森林,
把婻乌莎的话告诉巴罗,
她觉得自己是在积德行善。"

第四十八章
婻乌莎坠入情网
帕板王恼羞成怒

听吧,
走在烂泥路上的妹妹,
烂泥下会有尖刺戳脚,
踩进里面要特别小心。

在路上行走并不安全,
也会遇到拦路的强盗,
现在哥要讲述乌莎仙女,
很多问题她防不胜防。

回头讲帕板儿子农板,
他心中挂念乌莎妹妹,
想到妹妹塔楼去看望,
兄妹的情谊不可估量。

他走进乌莎公主的塔楼,
乌莎就对自己的哥哥说:
"奴的哥哥呀,
请哥哥代替奴去叩拜父亲。

"请父亲原谅我们的过错,
别再对巴罗发难,
还请哥哥替奴去追回巴罗哥,
将巴罗哥带回到奴的身边。

"他现在离我们勐不太远,
在勐迦湿的东面的地方,
那里距勐迦湿三十由旬,
穿上仙鞋一天可以飞到。

第四十八章

"他在一片森林里,
住在一棵大榕树下,
如果哥哥穿上仙鞋,
从空中飞去很容易找到。"

农板王子答应帮助妹妹,
从婻乌莎的寝宫出来之后,
就径直去找父亲求情,
他走进帕板捧麻典的王宫。

他向父亲叩拜说:
"奴的父王啊奴的主,
那个巴罗离开后走进森林,
在一棵大榕树下小住。

"那片森林在我们勐的东边,
距离勐迦湿三十由旬,
他在那里结拜了一位树仙女,
那位仙女给乌莎带来消息。

"现在乌莎很痛苦,
让奴替她来向父亲请求,
请求父亲原谅他们的过错,
准许奴去将巴罗追回来。"

这时候帕雅因又施法,
注入帕板捧麻典心里,
使帕板捧麻典产生幻觉,
他就按照帕雅因意思说:

"农板啊,
我已经饶恕了他们的罪过,
不再追究他们私下订婚,
就随乌莎的意吧!

"你要去追巴罗回来,
为父也不阻拦,
你要去就去吧,
父王算是准许。"

农板王子听到父亲那样说，
　　　心里感到很高兴，
就立刻跑到婻乌莎寝宫，
　　　把这个好消息告诉妹妹。

婻乌莎得知父亲已同意，
顿时激动万分欢天喜地，
她感谢哥哥帮了她大忙，
　　　就把仙鞋送给哥哥。

农板王子佩上宝剑，
　　　带上自己的弩弓，
穿好仙鞋跃上空中，
　　　向东方飞奔而去。

凭借仙鞋的神通，
　　　缩短了路程时间，
本来要走半个月的路程，
　　　农板才用一天就到达。

他去到那片森林的时候，
　　　已经是太阳下山时分，
他按照妹妹说的方位，
　　　寻找那棵高大的榕树。

当他找到榕树从空中降落时，
　　　就看见巴罗和婻桑迦仙女，
他俩正坐在湖边的凉亭中，
　　　像兄妹一样闲聊。

巴罗见农板王子到来，
　　　就拉过婻桑迦做介绍，
婻桑迦向农板王子打招呼，
　　　把农板王子迎进凉亭里。

婻桑迦热情迎上前，
　　　给农板王子铺好坐垫，
等农板王子坐定之后，
　　　巴罗这才开口问道：

"农板哥出来几天了,
怎么会那么快就到,
莫非是今天才起程,
当天就来到这里?"

农板王子爽快答道:
"是的,你说得没有错,
我是今天才起程出发,
全靠这双仙鞋的法力啊!"

巴罗听后说:
"农板哥能到这里来,
实在是很不容易,
我真是太高兴了!"

农板王子接着说:
"巴罗兄弟啊,
乌莎妹妹很爱你,
让为兄去叩拜父王。

"得到父亲的准许后,
为兄才能到这里来,
为兄要带你回去,
到我们那里住些日子。

"然后你再回勐邦果去,
去把聘礼带来,
勐迦湿和勐邦果都是大勐,
王族办婚事不能太简单。"

巴罗听了农板的话,
觉得很有道理,
心里乐开了花,
答应按照他的意思办。

巴罗和婻桑迦仙女,
就把农板王子带到塔楼里,
婻桑迦仙女用金盘装上仙食,
端来给巴罗和农板王子用膳。

待农板王子和巴罗吃好后,
婻桑迦仙女就拿仙壶装水,
给农板王子和巴罗洗漱,
她的一举一动都体现出贤淑。

然后婻桑迦继续忙碌,
她又采来槟榔和蒌叶,
配好后给农板王子嚼,
她的做法全是仙界规矩。

夜幕降临之后,
婻桑迦仙女铺好仙床,
给农板王子晚上睡觉,
然后才退出农板卧室。

婻桑迦的一举一动,
巴罗全看在眼里,
他非常赏识她的才干,
也非常喜欢她的贤淑。

巴罗对婻桑迦仙女说:
"仙女妹妹啊,
你确实是个好姑娘,
你给哥的印象永世不忘。

"哥就要与你告别了,
希望你今后能到勐邦果玩,
去那里过宫廷生活,
与哥嫂们相伴。

"如果妹妹实在想念哥哥,
随时都可以到勐邦果来,
明天早上哥就要离开你,
去陪伴乌莎妹妹一段时间。"

巴罗将和婻桑迦分别,
他俩仿佛亲兄妹一样,
他俩谈话一直到很晚,
才各自回到自己住房。

第二天早上起床之后，
婻桑迦想到巴罗即将离去，
拿出一颗价值连城的宝石，
送给自己的哥哥带在身边。

那宝石像无患子一样大，
颜色火红鲜艳夺目，
它被注入了强大的法力，
可以使人拥有神奇力量。

这颗红宝石真的很神奇，
你只要把它含在嘴里，
无论谁都杀不死你，
即使用火烧你也毫发无损。

只要把这颗红宝石含在嘴里，
就算用碓来舂也舂不碎你，
你还会拥有三千五百万头大象的力量，
所以它才名叫神宝石。

巴罗即将离开仙女
他紧紧握着婻桑迦的手，
婻桑迦仙女舍不得放手，
农板看后赞叹不已。

巴罗依依不舍辞别婻桑迦，
婻桑迦仙女只好挥泪惜别，
农板王子已经催了好几遍，
巴罗只好离开大森林。

巴罗骑上自己的神马，
农板王子依然穿上仙鞋，
两人就在空中并排飞行，
很快到达婻乌莎的塔楼。

再说婻乌莎公主，
自打农板哥哥去接巴罗后，
婻乌莎公主更加思念巴罗，
她度日如年焦急等待。

她不停地用手拍打着胸脯，
无法抑制自己的情绪，
她盼望着衣板哥尽快回来，
把巴罗带到她的面前。

她急得泪流满面胡思乱想：
"为什么哥哥回来这么慢？
让妹妹在家等得实在心焦，
整个身体就像被火烧一样。

"妹盼哥泪流满面两眼望穿，
只盼得妹心情烦躁痛苦忧伤，
阿哥呀你快点带巴罗回来吧，
再不回来妹妹已经快挺不住。"

就在婻乌莎精疲力竭的时候，
她迷迷糊糊看见空中有两团黑影，
黑影混在乌云里迅速向前飞行，
她想可能是王兄和巴罗哥回来了。

婻乌莎的猜测一点也没有错，
两位王子从空中飞来，
他们落在婻乌莎寝宫的门口，
巴罗就用琴音般的声音知会乌莎。

第四十八章

婻乌莎顿时感觉到一股香味，
滋润了她干枯燥热的心房，
那是巴罗特有的芬芳香味，
既熟悉又陌生弄得她神志错乱。

回来了，终于回来了，
她急忙打开门向外看，
就看到了巴罗的身影，
已站在门外的墙角旁。

他美得就像帕雅因下凡，
谁要是见了谁都会惊叹，
她理解婻桑迦为之着迷，
可怜她没能做巴罗老婆。

婻乌莎顿时感到兴奋无比,
就急忙跑过去迎接巴罗,
她一把抓住巴罗的手,
巴罗顺势将婻乌莎抱住。

他将她紧贴在自己胸膛,
两颗心激烈地跳动,
两张脸都红得像凤凰花,
两张嘴紧贴着无法分开。

两人的香味融在一起,
把整座宫殿都熏得香喷喷,
两个人不顾一切,
把王兄农板冷落在一旁。

农板看到妹妹和巴罗的样子,
意识到不能再继续待下去,
他想多留点时间给两人亲热,
就向巴罗和婻乌莎告别:

"巴罗兄弟你就好好陪乌莎妹妹,
但是你在这里时间不能太长,
因为你还没正式来提亲,
不合规矩别人会说闲话。

"还请巴罗兄弟尽快回去,
备好聘礼再回来娶乌莎,
求得父王的宽容原谅,
让我们两个王族结为亲家。

"这样才是长久之计,
希望你能够牢记,
免得好事变成坏事,
这样对谁都没好处。"

巴罗听后很感动,
觉得农板说得有理,
他接受农板的意见,
随即就对农板王子说:

"王兄说得极是,
　　兄弟我一定牢记。"
　农板告别巴罗乌莎,
　回到自己的宫殿里。

　　农板王子离开后,
　婻乌莎对帕巴罗说:
　　"吉祥的巴罗哥呀,
　妹终于把您盼回来。

　　"妹请求吉祥的巴罗哥,
　无论如何别再让妹守空房,
　别再让妹独自一人在宫里,
　承受着无尽痛苦和悲伤!"

　　巴罗听后说:
　　"乌莎妹妹呀,
　　哥心爱的好妹妹,
　　哥能理解妹的心情。

　　"哥是因为实在太爱你,
　　才会急于返回勐邦果,
　　哥只想能尽快娶到你,
　　只能忍受短时间寂寞。

　　"现在哥返回来找你,
　　你应该高兴不要再悲伤,
　　今天是我们重逢的好日子,
　　哥对妹的爱说不尽道不完!

　　"哥曾对妹立下过誓言,
　　海枯石烂对妹的爱不变,
　　　哥怎么想就怎么说,
　　　哥绝不会骗妹妹你。

　　"哥更不会抛弃你,
　　　哥的好妹妹呀,
　　　你要振作起来,
　　让我们生活更美好!"

听到帕巴罗这样说,
婻乌莎公主豁然开朗,
她破涕为笑心情欢畅,
忙铺好仙座请巴罗坐。

又拿金盘装上仙食,
请巴罗哥哥用膳,
她紧紧挨着帕巴罗,
拿仙食喂巴罗吃。

帕巴罗对她说:
"妹妹呀,哥的心肝,
你自己也拿着吃吧,
小心把你的身体饿坏。"

乌莎听了巴罗这样说,
就与巴罗一块儿吃,
两人便面对面吃起来,
眉来眼去吃得很香。

巴罗吃过以后,
乌莎拿仙壶装水,
给巴罗洗漱,
巴罗洗后坐回座位。

接着婻乌莎又去忙碌,
她配好了槟榔和蒌叶,
双手端来给巴罗嚼食,
巴罗嚼着槟榔甜在心里。

婻乌莎又去拿马莉迦花,
还有芳香的洁沙纳花,
双手捧出来献给巴罗,
献上她的一份浓浓情意。

金枝玉叶般的婻乌莎说:
"妹妹要请求心爱的哥哥,
像天王般杰出的巴罗哥,
这辈子都不离开妹妹。

"请哥哥把妹妹永远带在身边,
一直带到美好的未来,
请不要在半途中将小奴抛弃,
让小奴独自承受痛苦和忧伤。

"请求巴罗哥救救小奴吧,
让小奴和巴罗哥永远相伴!
永远在一起不离不弃,
与天地共存亡。"

婻乌莎的话里带着悲切,
巴罗想安慰乌莎公主,
就只好再发神圣的誓言,
好让乌莎开心摆脱痛苦。

巴罗深情地对她说:
"聪明伶俐的乌莎妹妹啊,
难道哥没有对妹发过誓吗?
那你就再听听哥的誓言吧!

"哥绝不会抛弃妹妹,
哥对妹的爱稳如须弥山,
哥对妹的情稳如天门前的神柱,
哥和妹的爱有九百万年长!

"哥曾经答应过妹妹,
要和妹妹永远做夫妻,
如果哥抛弃妹妹你,
那就让哥马上死去。

"让大山把哥压死,
下水潭被蛟龙吃掉,
成为鲨鱼的口中食,
成为蛟龙的腹中餐。

"如果哥走进宽广森林,
就让老虎把哥作为食物,
如果哥哥下湖洗澡游泳,
就让湖水将哥呛死湖中。

"哥要把最美好的祝福，
送给情妹妹乌莎公主，
哥好比萤火虫那点亮光，
远远不如穿云破雾的阳光。

"哥又好比那凋谢花朵，
失去了香味全都飘散，
哥要把妹带回勐邦果，
让大臣官员来守护你。"

乌莎听到巴罗这样说，
心里如同金鹿在狂奔，
她搂抱住巴罗的脖子，
把他的脸颊亲个不停。

两人相亲相爱地说着情话，
双双发誓相爱到海枯石烂，
如天上的日月永远存在，
像湄南荒河奔流不断。

巴罗又对乌莎公主说：
"亲爱的婻乌莎呀，
哥心爱的好妹妹，
请妹妹听哥哥细讲。

"如果哥把妹带回勐邦果，
哥的大臣官员们会侍候你，
会每天都守护在你的身边，
不会让你受到任何伤害。

"在勐邦果的王城里，
帕雅因送给哥的财产，
超过十万亿两金银，
不论你怎么花也花不完。"

可是婻乌莎依然不踏实，
她皱着眉头回答巴罗：
"哥呀你是妹妹的生命，
奴只担心你回国后会发生变化。

"只怕哥回到勐邦果之后,
忙着去和那四位姐姐快乐,
她们都是大仙女和金纳丽,
她们地位都比小奴高得多。

"到了那个时候呀,
情况就很难说清楚,
哥会把小奴丢在一边,
再也不会来看一眼。

"如果真是那样子的话,
还不如养在窝里的小孔雀,
每天早晚都有父母关爱,
整天有人服侍不愁吃穿。

"哥来把妹这只孔雀带走,
离开爱窝却又受到冷落,
把小妹抛弃后不管不顾,
这样一来会变成了罪孽。

"如果说哥把妹带到你那里,
去到美丽的勐邦果王城,
哥却只顾着去同姐姐们享乐,
把小奴抛在一边我该怎么办?

"那时即使天天有山珍海味,
小奴吃着也不会觉得香甜,
勐邦果王城虽然美丽,
小奴也会觉得那里天空暗淡。

"与其吃那样的山珍和海味,
还不如喝黑锅里的酸汤清爽,
所以小奴先把丑话说在前,
省得日后发生就很悲惨。"

婻乌莎把想说的话说完,
心里反倒觉得更加清爽,
她于是拿出精美的金碗,
装仙汤献给巴罗。

巴罗接过来就喝了下去,
喝下后立刻感到全身爽朗,
他仿佛喝下的不仅是仙汤,
还喝下了无穷的力量。

巴罗留了一些给婻乌莎喝,
满怀深情地对乌莎妹妹讲:
"如果乌莎妹妹爱哥的话,
请妹妹也喝下一口仙汤吧!"

婻乌莎公主受宠若惊地说:
"妹实在不配接受哥的布施,
哥哥呀,妹妹的好郎君,
妹怕喝了肚子发胀不舒服。

"哥哥呀,妹妹的情郎,
要真这样妹的小命就难保!"
婻乌莎公主说完,
就捂着嘴偷偷地笑了起来。

婻乌莎搂着巴罗的脖子,
紧紧贴在自己洁白的脸上,
然后把剩下仙汤喂给巴罗,
巴罗只好接过来全喝光。

巴罗喝完了仙汤,
这时太阳西沉下了山,
夜幕悄悄降临,
两人紧紧拥抱上仙床。

他俩如胶似漆享乐到天亮,
第二天太阳升起后才起床,
帕巴罗和婻乌莎起床后,
帕巴罗对婻乌莎公主说:

"哥该向妹妹告辞回勐邦果,
求妹别说哥抛弃你远走他乡,
哥是要回去准备聘礼娶妹妹,
这样做你我婚姻才正大光明。

"把丰厚聘礼备好后带过来,
　　到时候哥就可以迎娶妹妹,
　　将妹妹迎娶到勐邦果之后,
　　　　我们就可以永不分开。

　　　"哥是一个讲信用的人,
　　　是顶天立地的男子汉,
　　哥哥我绝对不会骗妹妹,
　　绝对不会抛弃妹妹不管。

　"哥怕妹那性情暴躁的父王,
　　就担心他对哥心生恼怒,
　　万一他怪罪下来要杀哥,
　　那可就没谁能把哥救赎。

"还是莫让别人怪罪惩罚为好,
　求妹允许哥回去准备好聘礼,
　等哥备好聘礼再回来接妹妹,
　　这样做才合规矩顺理成章。

　　"到时哥去向妹的父王请罪,
　　然后理直气壮把妹妹迎娶,
　　只有这样才符合办事程序,
　　哥现在就前去说明情况。"

　　　婻乌莎听后又担心地说:
"哥为何时时都想借故离开妹?
这个恐怕不像哥说的那么简单,
希望哥能体谅妹的心情细思量。

　　　"如果哥实在住不下来,
　　那样妹会时刻把哥思念,
　　如果巴罗哥真的离妹而去,
　　妹将会日日夜夜把哥呼唤。

　　"为什么哥哥要把妹抛弃,
　　让妹妹留在这里等死呢?
　如果哥真把妹抛弃在这里,
　　那么妹妹我就必死无疑。

"至于帕板捧麻典父王,
他不会把妹的婚事阻拦,
无论哥哥你有多少罪过,
都由妹妹一人替哥来承担。

"我们两人的婚事一定能办,
将来一定能治理国家做君王,
这件事先由妹妹去找父王,
再考虑下一步怎么办。"

婻乌莎这样劝说帕巴罗,
然后就动身到国王寝宫,
她去找父亲帕板捧麻典,
希望能尽快处理这件事。

帕巴罗听了婻乌莎的话,
显得平静不慌不忙,
此时英俊威武的帕巴罗,
就把酒水滴献勐神后说:

"我心里感到很担忧,
走进勐迦湿后就不安,
总觉得有点不是滋味,
担心忧虑的事将来临。

"现在我将叩拜呼唤,
保护勐迦湿的勐神,
还有守护金殿的神仙,
以及守护住房的家神。

"都来援助我赶走恶魔,
不要让我离开乌莎吧,
我们的誓言天地作证,
让我俩能活到九百万岁。

"我祈求神仙们来援助,
帮助我远离到来的灾难,
不要让灾难来干扰我们,
让我和乌莎公主结成双。"

嫡乌莎听了帕巴罗祈祷，
相信勐神会来保佑他俩，
她为此心里感到更加踏实，
便离开塔楼走进父王寝宫：

"奴的陛下，奴的父王，
享有最高声誉的父王啊，
只因奴前世的姻缘所定，
今生才会与帕巴罗相遇。

"也为此触犯了父王威严，
得罪了父王确实很不应该，
但无论他这人有多少罪过，
奴也请父王能够多多宽恕！

"求父王能够成全奴的心愿，
无论要他备多少礼品来谢罪，
帕巴罗都一定会去备齐带来，
用丰厚的礼品来敬献给父王。

"父王啊，女儿的主，
奴求您答应这门亲事吧，
让巴罗的父亲与父王您，
两勐结下亲家帝王之交吧！

"让勐迦湿和勐邦果两大勐，
成为同在一片蓝天下的勐吧，
让两个王族的人成为亲戚，
成为亲密无间的朋友吧！

"女儿所说的话符合常理，
敬请父亲能成全女儿的心愿，
女儿从未向父王提出过要求，
请父王宽宏大量答应女儿吧！"

帕板捧麻典听后回答说：
"乌莎公主呀，
父亲心爱的女儿，
你的话为父已听得很清楚。

"你的美貌和声誉天下传扬,
像他这样的王子你不该喜欢,
父亲会让你得到最杰出的王子,
一位能征服南赡部洲的大君王。

"而这个王子不过是个强盗,
他没有哪方面值得你去爱,
你应该快点把他撵走,
把他留在这里是祸害。"

婻乌莎听了父亲的话,
如同吃进一只苍蝇,
婻乌莎回到寝宫之后,
非常痛苦心里忧伤。

她双手合十向天祈祷:
"奴的苍天呀,
请你张开慧眼,
让奴得到这位丈夫吧!"

婻乌莎的祈祷传到天上,
帕雅因的宝座又发烫,
帕雅因明白怎么回事,
乌莎和巴罗遭受了极大的伤痛。

帕雅因立即起程,
从忉利天上下凡,
他装扮成个老婆婆,
不让任何人将他看穿。

帕雅因来到乌莎的寝宫,
就招呼他们两个说:
"乌莎和巴罗呀,
你俩快过来和我相伴。

"你俩一块儿坐在宝榻上,
我就是帕雅因爷爷,
爷爷下凡到这里来,
有话要对你俩讲。

"你们两个都美得像金子般,
你们两人都不要放弃对方,
你们两人实在是非常般配,
天结良缘都不要胡思乱想。

"从现在算起再过七年,
帕板捧麻典就将完蛋,
到时你们就能回勐邦果,
再也不会遇到任何麻烦。

"如果有人要对你们行凶,
巴罗只要施展出神通和法力,
再凶猛的力量也无可阻挡,
任何灾祸都伤害不了你们。"

乌莎和巴罗仔细倾听,
帕雅因所说的话,
让他们感到高兴,
他们向帕雅因神王叩谢:

"非常感激帕雅因神王,
我们一定按您说的去办,
再凶恶的敌人也不会怕,
克敌制胜确保我俩平安。"

帕雅因把话说完后,
就离开婻乌莎的寝宫,
从勐迦湿王城很快消失,
回到他的忉利天仙界上。

巴罗对乌莎立过誓,
两人要相爱到海枯石烂,
加上婻乌莎挽留不让走,
所以巴罗就又住下来。

他不管后果会有多严重,
只知道和婻乌莎相爱,
忘记帕板捧麻典的阻拦,
忘记所有的不愉快。

第二天早上开始有麻烦,
帕板捧麻典准备吃早餐,
他想起女儿婻乌莎,
要把婻乌莎叫来一起吃饭。

他把宫女婻户扎叫来对她说:
"户扎啊,
你赶快去叫乌莎过来,
叫她来和父亲一起吃饭。"

宫女婻户扎接受国王旨意,
急急忙忙赶到塔楼请公主,
当宫女走进塔楼的时候,
两人正在一块情意绵绵。

宫女想退出已经来不及,
只好低着头请乌莎原谅,
宫女看到两个人很相配,
实在不忍心把他俩拆散。

宫女向公主说明来意,
要婻乌莎去王宫吃饭,
她说这是国王的旨意,
请她无论如何不要违抗。

婻乌莎听后站立不动,
她觉得个中可能有文章,
她考虑一下回答宫女,
说心情不好不想前往。

宫女对此无可奈何,
只好回去禀报国王,
国王听后怒火中烧,
火气冲到他头顶上。

国王心里暗自在想,
可能女儿识破他的伎俩,
她因此而万分生气,
下决心同自己对抗。

刚才发生的一切,
巴罗也看出其中名堂,
他不想为难乌莎,
打算告辞返回故乡:

"妹妹是国王的千金,
我也非一般的百姓,
我们两家门当户对,
应按照傣家人规矩办。

"这样做国王才会有面子,
王家办婚事不可太简单,
国王高兴才会同意婚事,
我们才能实现美好理想。

"希望妹能理解我的意思,
这样做可能事情更顺当,
至于国王有什么不对,
我们小辈不可记心上。"

公主听了巴罗一席话,
觉得不无道理符合情况,
但是她舍不得离开巴罗,
她紧紧抓着巴罗的手不放。

她不让他这时候回去,
她不让他离开她身旁,
她说不论遇到什么事,
她会帮助他渡过难关:

"父王非常爱我,
就像爱他的眼珠一般,
我要求他批准这桩婚事,
批准后你再回去又何妨?

"你现在无论如何不能走,
婚事不成我心不安,
你走后我不知怎样过日子,
难道你忍心留下我寂寞孤单?

"阿哥呀请耐心再等下去,
你万万不可离开这楼房,
等到父王答应我嫁给你,
才会云开日出阳光灿烂。"

顶天立地的小伙子,
虽说是钢筋铁骨男子汉,
听完了姑娘的苦苦哀求,
也禁不住心肠软。

他于是只好留下来,
继续留在乌莎身旁,
他一心一意爱着乌莎,
对其他事情没有多想。

他思想纯洁心地善良,
对国王没有戒心,
可是他万万没有想到,
此时国王则另有打算。

国王没把他看成未来女婿,
而是把他视为未来的灾难,
国王正在酝酿一个大阴谋,
想把巴罗除掉不留后患。

帕板国王压住满腔怒火,
加紧策划计谋,
他把佩带在身边的宝刀,
拿出来反复摩擦。

他要杀掉对手巴罗,
他忌妒巴罗武艺高强,
他天天练习绝技功夫,
他发誓把巴罗剁成肉酱。

"我是个堂堂的大君王,
任何人休想把我阻挡,
天底下只能唯我独尊,
绝不允许任何人比我强。

"我喜爱美丽的干女儿，
　　　　但我更爱我的名望，
　　我不能为了干女儿，
　　　　而白白葬送我的江山。

　　"现在巴罗这小子想娶她，
　　　　就等于把江山送他手上，
　　看巴罗的武艺不比我差，
　　　　日后必然盖过我的声望。

　　"他天天和我女儿同吃同住，
　　　　分明没把老子放在心上，
　　他想娶我女儿当妻子，
　　　　如此作为实在太猖狂。

　　"自从他来到我勐迦湿后，
　　　　至今未尝过他一个槟榔，
　　更谈不上丰厚的金银财宝，
　　　　这样的人怎配当驸马官？

　　"他的一举一动我看不顺眼，
　　　　做出来的事情又太荒唐，
　　他说话口气比大象还大，
　　　　每句话都有损我的声望。

　　"现在这个无赖的歹徒，
　　　　赖着不走还玩弄我姑娘，
　　他花言巧语欺骗我女儿，
　　　　用花言巧语向她灌迷魂汤。

　　"这样的坏人我一定要除掉，
　　　　留下他是国家无尽的后患，
　　我一定要擦亮眼睛，
　　　　绝不受骗上当。"

第四十九章

帕板王一意孤行
巴罗迎战帕板王

ဥသာပရ
傣族英雄史诗
乌莎巴罗

ပွိမ်ၢ၉ ကြဟ္ၿဖတ္ၫ်ဘုၚင်ၤသဟၙ
ပၫ္ၫ်ၹွန်ၩ်ၶ္ၨေြတ္ၫ်ၾ၈ၒွ

话说帕板捧麻典骂了一阵，
依然无法消除胸中的怒火，
心想一个乳臭未干的孩子，
竟然敢如此放肆反抗。

帕板越想越发激动，
气急败坏头昏脑涨，
他跑下王宫擂响战鼓，
咚咚鼓声响遍四方。

鼓声唤来了大臣和武士，
三千多人即刻赶到殿堂，
国王对臣官发号施令，
速速捉拿巴罗关进牢房。

帕板捧麻典历来说一不二，
大臣武士谁也不敢违抗，
三千多武士随即出动，
包围了乌莎那座十二层塔楼。

武士们想生擒活捉巴罗，
以为活捉他只是小事一桩，
好像女人捉小鸡一样容易，
根本没把巴罗放在心上。

此时的巴罗王子，
面对突变不慌张，
他转身对着婻乌莎，
若无其事地对她讲：

"我俩在这里等了好几天,
到现在还不举行拴线成亲,
帕板捧麻典王真有点过分,
看来他有意拖延。

"其实我们并没什么过错,
有什么问题也应该挑明,
身为国王应该讲道理,
做事光明磊落不必遮掩。

"现在又派来那么多人,
硬说我是骗子玩弄手腕,
还说我是穷光蛋,
不值得你爱。"

乌莎听他这一讲,
心急如焚脸发白,
她理解巴罗心情,
不想因此两人遭殃:

"妹妹理解阿哥的心,
阿哥的话义正辞严,
帕板父王心术不正,
要让他回心转意很难。

"那些武士全是怕死鬼,
都不是哥哥的对手,
妹妹知道哥哥的法术,
所以妹妹为此心不慌。

"现在妹妹要对哥哥讲,
请阿哥务必宽宏大量,
如果哥哥动武还手,
打下去事情难收场。

"事情闹大哥哥会离去,
抛下乌莎妹妹无人管,
如果妹妹看不到哥哥,
妹妹可能无法活世上。

"我死也要跟着哥哥,
请哥哥把利弊细掂量,
克制怒火退一步天地宽广,
请哥哥接受妹妹主张。"

英俊出众的帕巴罗,
他告诉嫡乌莎姑娘,
叫她不必忧虑担心,
他绝不会抛下她不管。

帕巴罗对此事心中已有数,
三千武士定是他手下败将,
凭他两件神力无比的宝物,
任何魔鬼都会闻风丧胆。

帕巴罗也不想激化矛盾,
他的做人准则是与人为善,
但是他又不愿放弃嫡乌莎,
他不想让心爱的姑娘为难:

"天上的神灵之王,
请你保佑我的平安,
我不愿残害生灵,
不愿跟无辜人打仗。"

他请求上天给予保佑:
一是不发生任何灾难,
二是不让任何人伤害,
三是能躲开任何刀枪。

帕巴罗有个善良心愿,
不同任何人发生对抗,
所有企图暗害他的敌人,
都不会靠近他的身旁。

嫡乌莎听了他的话,
心里头像吃了蜜糖,
她向情人表示敬意,
表示要帮他躲过灾难。

"为了解决这个问题,
妹妹想再次去找父王,
向父王讲清楚道理,
劝他放弃狭隘思想。"

巴罗同意乌莎想法,
赞成乌莎去劝阻父王,
乌莎急忙走出塔楼,
急匆匆走进宫廷殿堂。

"尊敬的父王啊,
女儿已知道父王主张,
我想向父王表明心意,
女儿已深爱这少年郎。

"如果父王想加害于他,
这事请父王千万别干,
巴罗并无大的过错,
天下人会骂您黑心肝。

"更何况女儿非常爱他,
我俩天生一对前世有缘,
请父王看在女儿情分上,
同意我嫁给巴罗。

"女儿请父王做好准备,
为我俩举行婚礼拴线,
让他和女儿生活在一起,
使他不离开女儿身旁。

"如果父王要强加什么罪名,
或者要采取什么惩罚手段,
在这里恕女儿向父王直言,
这种做法会造成血肉相残。

"其实巴罗也是堂堂男子汉,
他家有成千上亿的财产,
他管着一百零一个国家,
他也拥有兵力千千万万。

"他们管辖的百姓很多,
同样向他上交贡税钱粮,
他们家有非常多的财产,
不是您说的是个穷光蛋。

"勐邦果同勐迦湿结为亲家,
两国间从此建立友好交往,
两国间架起一座和平金桥,
可以为后人做出良好榜样。

"女儿说的这些道理,
全是好意绝非乱讲,
请父王采纳女儿意见,
请父王斟酌周详。"

女儿的话并未引起父亲注意,
女儿的话并未打动父亲心肠,
他认为女儿全是感情用事,
他认为女儿全是儿女情长:

"天底下最善良的女儿啊,
女儿同平民百姓不一样,
你的身份最高贵,
你的地位至高无上。

"天底下的人都在赞美你,
羡慕你既美丽又端庄,
天底下的人都在歌颂你,
歌颂你的美德和善良。

"论名气论财力论武力,
天下没有人比得上勐迦湿,
勐邦果是个无名小国,
他们的人民非常低贱。

"巴罗不配娶你做妻子,
他简直是个小偷罪犯,
他癞蛤蟆想吃天鹅肉,
那小子在做梦娶婆娘。

"阿爸一定会为你操心,
找个女婿既高贵又有名望,
请宝贝女儿尽管放心,
不可操之过急留下后患。

"要知道天底下男人多的是,
比巴罗有本事的人有千万,
我们要找有钱有势的王家帕雅,
将来才能为王族保住江山。

"这个巴罗呀他算老几,
是个大盗儿子没有希望,
你一定要马上把他赶走,
免得把你一辈子前途埋葬。"

婻乌莎听后无比心酸,
她闷闷不乐回到塔楼上,
她淌着眼泪哭泣不止,
坐在床上长吁短叹。

帕巴罗靠在她身旁,
她心里头痛苦不堪,
她的苦闷不便发泄,
只好仰首求天神帮忙。

乌莎请求帕雅因为她做主,
请求帕雅因拿出解决妙方,
她跪在地板上口中念念有词,
祈祷的词语情真意切很悲伤:

"祈求天上诸神显灵,
帮助小女子消灾解难,
让我能够得到巴罗,
我俩的爱情无法割断。"

帕巴罗听到她的祈祷,
心里翻滚着感情的波浪,
他理解乌莎此时的心情,
他安慰她不要过分悲伤:

"妹妹啊哥哥不会离开你,
绝不会让妹妹受到委屈,
请妹妹不要害怕和悲伤,
天大的问题我也会处理。

"阿哥从来不信邪恶,
硬汉子永远昂首挺立,
阿哥会把你当成眼珠,
精心保护而永不抛弃。"

两个年轻人不愿分离,
他俩紧紧拥抱在一起,
婻乌莎搂着帕巴罗,
巴罗把她抱在怀里。

此事在古老的勐迦湿,
影响巨大惊天动地,
街头巷尾议论纷纷,
百姓和官员对此看法不一。

百姓都同情两个年轻人,
官员同国王一个鼻孔出气,
百姓指责国王不守信用,
官员说国王英明无比。

这时帕板捧麻典大王,
急得如热锅里的蚂蚁,
他气急败坏坐立不安,
苦苦思索着对付主意。

他终于想出了个馊主意,
于是一波未平一波又起,
他要宫女去叫来婻乌莎,
说有事商量要她进宫里。

他认为硬的办法不奏效,
处理这桩事要软硬兼施,
父王为着女儿幸福,
他想用眼泪来软化养女。

宫女来到塔楼上,
传达国王的旨意,
宫女心里战战兢兢,
生怕办不好国王生气:

"国王让奴婢来叫公主,
请公主到宫里有事商议,
公主若不去小的无法交差,
请公主务必快快前去。"

其实公主知道什么事,
事到如今她心里有底,
父王既然固执己见,
晚辈又何必讲礼仪?

"我今天没有睡好觉,
精神感到非常疲惫,
昨晚我下棋通宵达旦,
现在连走路也无力气。

"昨晚我同巴罗王子玩,
两人的棋艺不分高低,
彼此玩得痛快开心,
把睡觉的事情全忘记。

"现在我要补睡眠,
睡好了我再进宫里,
请你们回去转告父王,
不必等我也不要生气。"

宫女们只好走下塔楼,
垂头丧气回王宫里去,
把公主的话禀报国王,
再听国王有什么旨意。

帕板听了宫女的话,
脸色发紫气喘吁吁,
他背着手踱步打转,
传大臣提出新话题:

"这个顽皮的乌莎姑娘,
她的态度完全不像过去,
那个叫巴罗的小子,
竟然有那么大的魅力。

"她以前是个听话的孩子,
我叫她做什么很容易,
现在完全变成另一个人,
她有可能在生我的气。

"看起来她的脾气真不小,
叫了两三遍也不睬不理,
她下决心嫁给巴罗那小子,
难道我无法叫她回心转意?

"我必须下狠心把她抓起来,
让她明白什么叫父女关系,
要把她抓到王宫教训一番,
不然她会越来越不懂规矩。

"这个难教的黄毛丫头,
太过于固执不明事理,
再不听话只好来硬的,
锁上手脚叫她寸步难移。

"如果再不给她颜色看,
她会一错再错走到底,
现在她已离不开巴罗,
我被她弄得没了主意。"

站在旁边的总大臣卡真镐,
对国王的话竖着耳朵听仔细,
他完全理解国王话里的意思,
但自己也拿不出好主意。

"这个巴罗啊,
好像不怕天不怕地,
是一个胆大妄为的家伙,
这事可不能视为儿戏。

"对公主的婚事我反复思考,
有缘分的人无法分离,
年轻人一旦坠入爱河,
有天大的力气也拉不起。

"山上有大象和老虎,
谁都承认它们力大无比,
大江大海里有蛟龙,
它的厉害令人们畏惧。

"可是大象和老虎,
对缘分的事它们也讲理,
蛟龙再凶恶也不敢乱来,
对有情人也不会有恶意。

"年轻美貌的少女,
都喜欢小伙子英俊,
公主正如花朵刚刚绽放,
她的心事是嫁给巴罗为妻。

"你看他们在一块玩得很开心,
什么力量也无法把他们分离,
这可能就是前世的缘分,
对这个我们不得不考虑。

"既然谁都阻挡不了的事情,
用硬碰硬的办法难解决问题,
看谁输谁赢绝没有好结局,
只会弄糟事情伤了父女和气。"

国王听了大臣的话,
觉得个中不无道理,
但他还是固执己见,
不改变原先的主意:

"我要派人把巴罗抓来,
看有谁敢承担此项重任,
把巴罗捆绑捉到我这里,
我就赏他万两黄金。"

这时有四个大力武士，
在国内算是最有名气，
他们自认为武艺高强，
捉拿帕巴罗没有问题。

他们的力气之大，
一般人无法可比，
每人的力气都相当于七头大象，
在国内很有名气。

第一个号称铁力士，
他的名字叫做昆力，
他说要去捉拿巴罗，
用一只手就把他按倒在地。

第二个名叫宝石王，
他说捉拿巴罗没问题，
一个小伙子有什么本事，
要抓他像捉鸡一样容易。

第三个名叫昆扎宰，
他自认为自己顶天立地，
说要捉住巴罗小事一桩，
就像老鹰捉小鸡。

第四个叫昆格大武士，
他有围捕的高超本领，
他宣称抓巴罗是小事，
像抓抱窝母鸡一样容易。

四个人都夸下海口，
认为武术天下无敌，
他们说万两黄金拿定了，
请国王在王宫里等报喜。

帕板捧麻典王看到，
四个人都有健壮体力，
他们还有高超武艺，
并且非常勇敢无所畏惧。

对于他们的忠诚卖命,
国王非常满意,
国王对他们表示钦佩,
国王要他们矢志不移。

国王拿出大把黄金,
表示决不改变主意,
他把黄金摆在众人面前,
金灿灿黄金产生吸引力。

这四个贪财的武士,
见到黄金眼睛闪亮,
立即跪在国王脚下,
表示不辜负国王希冀。

国王为了表示对他们鼓励,
让他们每人先领取一千两,
事成后再支付全部黄金,
给四勇士先吃下定心丸。

四武士各带千名打手,
对塔楼形成了包围圈,
然后高声向里面发话,
要帕巴罗快出来投降:

"巴罗小伙子啊,
你快点把眼睛擦亮,
如果你有勇气的话,
就下来同我们较量。

"如若你怕死的话,
就下楼来举手投降,
可以不计较你的过错,
只把你带去见国王。

"如果你不快点下来,
我们就要爬到楼上,
要是我们爬上去抓你,
恐怕你就不大好看。

"到那时你名声就要败坏,
　你的生命也将完蛋,
　何去何从你自己选择,
否则我们同你就没商量。"

　　巴罗在楼上听了喊话,
　觉得歹徒实在太猖狂,
他面对四个歹徒哈哈大笑,
那笑声令武士们毛骨悚然:

"我劝你们还是回家去,
　回去同妻儿好好团圆,
　如果你们想为国王卖命,
　到头来决没有好下场。

"如果真要同我较量,
　也应回去先吃饱饭,
　吃饱了才会有力气,
没力气怎能同我打仗。"

　　四个穷凶极恶的歹徒,
听了巴罗的话气愤难当,
　他们觉得他口气太大,
认为这小伙子太嚣张。

　　他们再次向巴罗发话,
　要他快点下楼投降,
　　那口气十分坚决,
没有半点余地商量。

　　巴罗对此充耳不闻,
　仿佛没有听见一样,
弄得四个人非常恼火,
只好加大嗓门高声嚷:

"你这小子不知天高地厚,
　睁开你的狗眼往下看,
　我们四个都是武功高手,
你想逃脱没那么简单。

"如果你真有本事的话,
你就下来比试较量,
光说不做算什么英雄,
你究竟是不是男子汉?

"只要你敢走到楼下,
叫你无法爬回楼上,
老子一定把你抓起来,
押进宫殿去见国王。"

帕巴罗听后有点生气,
他纵身一跳落在四人中间,
四个人把他团团围住,
两人抓手两人抓脚。

前面一个后面一个,
左边一个右边一个,
从四周抓住帕巴罗,
把他围得如铁桶一般。

他们用绳子把他捆住,
帕巴罗被五花大绑,
他们用尽力气把他勒紧,
生怕他跑掉无法交差。

帕巴罗轻轻吹口气,
那绳索跟着噼啪响,
他只使用小小招数,
那绳索便自动松绑。

虽说这口气吹得不太大,
却把周围的人甩到一边,
四个武士感到莫名其妙,
却见帕巴罗像无事一般。

四个人痛得叽里呱啦乱叫,
一个个像蟒蛇被打伤一样,
他们躺在地上不停地呻吟,
全身上下痛得无法动弹。

他们只有呻吟喘粗气,
　　连说话也感到很困难,
　　他们只好向巴罗求饶,
　　那样子比丧家犬还难堪。

　　　　帕巴罗不屑一顾,
　　若无其事走回塔楼上,
　　他坐下来喝水嚼槟榔,
　　　紧紧搂住乌莎姑娘。

他与婻乌莎从楼上往下看,
看到四个人很快就要完蛋,
他们没有挪动身体的力气,
　　看样子已经去见阎王。

这位如来佛转生的帕巴罗,
　他慈悲为怀对人善良,
他可怜他们饶他们这一次,
又吹口仙气让他们生还。

他把仙气吹入碗里的蛇藤水,
把蛇藤水滴在他们的头上,
四个人顿时又活了起来,
一个个眨眼睛像刚睡醒一样。

　　他们重新又站了起来,
揩揩鼻子拍拍屁股逃窜,
好像被打的狗昏昏沉沉,
好像喝醉酒的人跌跌撞撞。

　　　　他们走进王宫,
　　要向帕板王报告情况,
　　见到总大臣卡真镐,
低着头好长时间才开腔:

"这个小伙子不可小看,
好像是天上帕雅因下凡,
我们同他才比试一招,
个个成为他手下败将。

"如果他不可怜我们,
我们四个都会完蛋,
他看到我们快断气,
又用圣水救我们生还。"

卡真镐把情况禀报国王,
帕板捧麻典听后心里发慌,
他立即召集文武大臣,
商议如何干掉巴罗:

"勐迦湿是闻名大国,
在人世间举世无双,
制服不了一个小毛孩,
把我们的脸面全丢光。"

在场的有一万六千个大臣,
个个跪在地上一筹莫展,
见帕板捧麻典一脸暴怒样,
不说话又怕过不了关:

"事到如今别无他计,
我们个个请求参战,
一道去同那小子拼命,
用箭射死他不留后患。"

这时有四个弓箭手,
自告奋勇挺身请战,
他们决心除掉巴罗,
还要把他的眼睛射穿。

为了博得国王信赖,
他们走出王宫做表演,
只见他们拉弓射箭,
天上飞动的乌鸦便中箭完蛋。

第一个弓箭手叫安巴,
第二个弓箭手叫夺那,
第三个弓箭手叫巴拉哇哈,
第四个弓箭手叫苏腊萨那。

他们的射箭技术实在高,
打鸟的眼睛不会中鼻梁,
打鸟的耳朵不会中嘴巴,
百发百中无一偏差。

国王认为找到这些人,
真是找到了大能人,
有这样的人去打巴罗,
必定能把他剁成肉酱。

国王给每个人配了千名士兵,
再把金塔楼包围成铁桶一般,
那些恶如狼狗的武士兵将,
大骂巴罗是大坏蛋:

"巴罗你这小子,
你死到临头有何话讲,
你赶快向天祈祷,
告知今天要赴黄泉。

"我们包来辣椒和盐巴,
用来给你好好品尝,
让你知道这是什么味道,
来世才懂得做人不能莽撞。"

帕巴罗一点也不惊慌,
对他们的谩骂不以为然,
对这些不懂事的无名小卒,
用不着生气损伤肝脏:

"我早就祈祷过了,
你们的关心我不会忘,
感谢你们送来了礼品,
辣椒和盐巴我将奉还。

"我只可怜你们的妻儿,
你们老婆将变成寡妇娘,
你们的孩子将变成孤儿,
孤儿寡母的处境实在悲凉。"

武士们听了巴罗的话,
一个个气得脸发黄,
只听武士一声令下,
射手纷纷把弓拉满。

霎时间所有的弓箭齐发,
射出去的箭如雨点一样,
巴罗手握宝刀轻轻挥舞,
样子轻松不慌不忙。

随着他的宝刀飞动,
射来的箭全向后转,
箭头打回在弓身上,
所有弓都被打断。

勐迦湿的这些战刀弓箭,
虽说是当今上等材料,
但敌不过天神宝刀,
被巴罗打得粉碎往下掉。

帕巴罗使用的宝刀,
一舞动就发出震天巨响,
其实巴罗不想杀死他们,
他只轻轻挥动吓唬对方。

巴罗考虑到他们的妻儿,
想起这些他就心慈手软,
他认为不要因这点小事,
弄得他们惨死家破人亡。

他想让国王的这帮打手,
惧怕之后逃跑回去就完事,
可是国王的打手不服输,
他们还要顽抗。

士兵们在武士的指挥下,
还想继续同巴罗作战,
巴罗不得已只好应付,
用神箭给他们点厉害看。

只见帕巴罗拉动巨弓,
隆隆响声震得地动山摇,
　　他只射出一支弓箭,
国王的兵马就乱成一团。

有的莫明其妙就断了气,
　　倒在地上无法动弹,
一千个士兵都死于非命,
三千个援兵吓得心惊胆战。

援兵们个个抱头痛哭,
　　没有谁再敢走向前,
他们私下里议论纷纷,
　　埋怨国王固执己见:

"这个小伙子真了不起,
　　他是个高手功夫不凡,
有这样的人当女婿,
　　国王应该高兴喜欢。

"不让女儿嫁给他,
　　真是打错了算盘,
其实姑娘爱他很对,
　　他俩都是神仙下凡。"

　　六位最高的将官,
　　　　曾经身经百战,
　　曾经指挥千军万马,
　　　　此刻也手忙脚乱。

他们已感到不对头,
　　慌慌张张逃离现场,
他们担心全军覆灭,
　　进王宫去禀报国王:

"国王啊大事不妙,
　　小伙子武艺实在高强,
我们同他打了一仗,
　　全都是他手下败将。

"千千万万的箭射过去,
没有一支能靠近他身旁,
而巴罗只要射出一箭,
我们就有一千士兵死伤。

"我们所有打过去的箭,
全被他的弓吸着不放,
好像他的弓是块磁铁,
我们的箭变成废竹竿一样。

"巴罗的箭特别神,
我们的人无法阻挡,
一千士兵全部倒地,
那情景真是莫名其妙。

"被射死的人很奇怪,
看不出有哪个部位受伤,
像茅草划破皮肤有点红,
就这点伤痕就让人命丧。"

国王听禀报后很不服气,
他不信世上真有这种人,
他下决心要制服巴罗,
又调来更多的精兵强将。

他把战死士兵的尸体,
全部丢进江河,
江河里尸体漂流,
景象十分悲惨凄凉。

士兵的死尸顺流而下,
如同丢弃的垃圾一般,
尸体腐烂发出阵阵恶臭,
令活着的人阵阵心寒。

处理完阵亡者的尸体之后,
国王又重整旗鼓再树威严,
他经过一番考虑之后,
召见手下的各位臣官:

"这个毛头小伙子巴罗,
我不信他是条硬汉,
他纵然有通天的本事,
也要砍下他的头颅喂豺狼。"

他又派出了很多人,
到塔楼下高声呐喊,
这些人只破口大骂,
无意同巴罗打仗。

他们想把帕巴罗赶跑,
用羞辱谩骂给他难堪,
谩骂声如暴风骤雨,
令帕巴罗坐立不安。

国王还派人去找阿奴贡盘腊,
要求堂哥来勐迦湿帮忙,
派去的大臣对他哥哥说,
他弟弟的国家遇到灾难。

要阿奴贡盘腊大王快速赶来,
帮助他赶跑那个难对付的魔王,
去的大臣还虚张声势,
把勐迦湿局势说得很恐慌:

"勐迦湿浓烟滚滚,
勐迦湿尘土飞扬,
勐迦湿暗无天日,
勐迦湿一片混乱。

"勐迦湿的人民啊,
已失去求生希望,
勐迦湿水深火热,
勐迦湿失去阳光。"

阿奴贡盘腊听到后,
信以为真感到突然,
弟弟遇到灭顶之灾,
哥哥哪能袖手旁观。

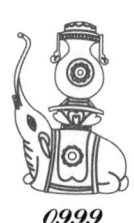

他立即进行了总动员,
调来国内的精兵强将,
阿奴贡盘腊王亲自检查,
召集的兵马总共有十万。

国王亲自率领大部队,
他火速起程不敢拖延,
他们从天上飞奔而去,
迅速赶到勐迦湿参战。

阿奴贡盘腊到达勐迦湿,
询问弟弟帕板捧麻典,
问他究竟发生了什么事,
干吗落得如此狼狈难堪:

"是哪个勐发动战争,
敢向勐迦湿国进犯?
或是国内民众不服管,
聚众闹事搞骚乱?"

帕板见哥哥大兵已到,
像黑夜里见到红太阳,
有了援兵他心里踏实,
便如实把事情讲端详:

"这个巴罗王子非同一般,
千军万马也无法同他较量,
小弟已拿他实在没办法,
所以才请大哥前来帮忙。"

阿奴贡盘腊听后暗暗在笑,
他认为这事情本来很简单,
用不着这样大惊小怪,
被一个毛头小子弄得坐立不安。

阿奴贡盘腊安慰勐迦湿王,
但此时他的说话也留有余地,
他这个人不愿意把话说绝,
留有余地是他做事的习惯:

"如果真有这回事,
　我们也不能小看,
弟弟是有名的大国王,
　却被弄得如此难堪。

"说明这小子真有本事,
　说不定哥哥也难打胜仗,
但事到如今别无他计,
　哥哥只能竭尽全力。

"哥哥愿意出大力气,
　帮助弟弟平息骚乱,
但话必须向你挑明了,
　能否打赢我觉得没把握。

"我也认为此事复杂,
　输赢不是谁说了算,
只能打到哪步算哪步,
　请弟弟你多多原谅。"

阿奴贡盘腊说完话,
　又把情况分析一番,
他又调来大批将士,
　充实现有兵将力量。

这些将士全是主力,
　他不敢低估巴罗力量,
他对将士精心挑选,
　选出的将士精明强悍。

这些将士都身经百战,
　打起仗都很勇敢,
号令一响纷纷冲锋陷阵,
　过去从未打过败仗。

阿奴贡盘腊精心策划,
　排兵布阵非同一般,
有的队伍化成大蟒蛇阵,
　有的化作飞马势不可当。

有的化作带金牙的大象,
卷着大鼻子弄得天昏地暗,
有的化作红冠大鸟很吓人,
忽高忽低令人无法躲闪。

有的变化作狮子和老虎,
凶恶劲头叫人心惊胆战,
有的还变化成腾飞巨龙,
顷刻乌云密布倒海翻江。

阿奴贡盘腊的队伍变幻莫测,
地面上围观的人眼花缭乱,
这些兵将手拿飞镖和长矛,
把塔楼围得水泄不通。

那些弓箭手是先头部队,
他们把弓箭瞄准塔楼上,
万箭齐发射向帕巴罗,
飞箭好比暴风雨一般。

这时帕巴罗异常镇静,
故技重演没有新鲜感,
他轻轻挥动手中宝剑,
又拿起神弓射向对方。

巴罗接着飞身跳进敌群,
挥动宝刀向敌人乱砍,
围剿的阿奴贡盘腊兵马,
被砍死不少乱作一团。

参战的勐迦湿士兵也非常神勇,
见到砍来的宝剑却无法躲藏,
慌乱中自己的士兵互相残杀,
大批人马死的死伤的伤。

帕巴罗打退了围剿匪徒,
又飞身回到十二层楼上,
他担心婻乌莎姑娘受惊,
急忙坐下对她安慰一番:

"妹妹你别害怕受惊,
阿哥已经打了胜仗,
如果他们还不怕死,
阿哥要把他们全部杀光。"

阿奴贡盘腊并不认输,
他还想继续反攻,
他组织一帮不怕死的士兵,
再次向塔楼发动冲锋。

有的射箭有的投飞镖,
投过来的飞镖闪着火光,
点燃塔楼变成了火海,
塔楼的火光冲上云端。

塔楼里的巴罗吹口仙气,
把塔楼上的大火先熄灭,
然后他举起神弓射击,
只有这样才能解除危难。

他只发射一支神箭,
对方顿时人仰马翻,
士兵死伤有三千人,
那情景着实很悲惨。

他没有再继续发射神箭,
否则对方士兵便全完蛋,
他还想拯救一些人性命,
留下生灵好向佛祖交账。

他变出千万条长绳,
牢牢捆住老虎和大象,
接着捆住活着的将士,
让他们都无法再动弹。

这些穷凶极恶的将士们,
被捆住后还想挣扎反抗,
有的挣扎掉进大海,
有的掉进老林深山。

被捆绑的士兵直喊救命,
有的扯开嗓门哭爹喊娘,
站在远处的阿奴贡盘腊,
对眼前发生的一切仔细看。

他想破掉帕巴罗的法术,
于是抱着脑袋苦思冥想,
可是总也解不了这个谜,
只好独自逃回营房。

他再也不敢回去带兵打仗,
也拿不出抓巴罗的高招,
但是他依然不认输,
把希望寄托在十万兵马身上。

那些勇敢的武士们,
根本不知道领头想法,
更不知道大王已逃跑,
还在那里待命等死亡。

他们都被绳索捆着手脚,
寸步难移心里急得发慌,
好在他们还能够喊救命,
便哀求帕巴罗饶命。

他们说自己是无辜小兵,
让他们回去同儿女团圆,
他们向帕巴罗申诉苦楚,
表明自己是良民不是坏蛋:

"我们错就错在遵命国王,
国王命令我们不敢违抗,
国王要我们来这里送命,
谁敢不从就会满门抄斩。

"请求尊贵的帕巴罗王,
不计小人过错大人大量,
饶恕我们这些无辜生命,
您的恩德我们永世不忘。"

帕巴罗本来不愿杀生,
对平民百姓更有父母心肠,
他给他们松绑放他们回家,
士兵们感激得热泪流淌。

他们跪下向巴罗磕头,
还颂扬他是再生爹娘,
感谢他饶了自己一命,
然后拜别巴罗返家乡。

佛祖世尊讲到这里停住,
他要回头进行归纳小结,
因为这章篇幅比较复杂,
他对比丘和释迦族王亲说:

"众比丘啊,
如来佛转生再世为帕巴罗,
做帕那罗延那的孙子时,
就具有许多神通和法力。

"后来又获得几样宝器,
他的战斗力更加高强,
所以尽管帕板很嚣张,
巴罗全不放在心上。

"后来乌莎又见父王,
想说服他原谅巴罗,
但他始终听不进去忠告,
才会导致严重后果。

"帕板捧麻典派三千士兵,
包围了乌莎的塔楼仙宫,
他们以为可以抓到巴罗,
想不到都是白费心机。

"巴罗对他们说:
'你们先回去吃饱饭,
然后向妻儿告别吧,
把你们的后事料理好。'

"他那样对他们说之后,
孰料他们却不以为然,
还用箭一起来射巴罗,
那射箭声像雷劈一样。

"巴罗挥舞宝剑,
去挡他们射来的乱箭,
弓箭全都被宝剑挡回,
没有一支射到巴罗身上。

"巴罗拉开神弓,
神箭发出雷劈般声响,
顿时仙宫周围尸横遍野,
三千名将士就全部死光。"

第五十章
帕板披挂上战场
巴罗不愧好儿郎

ပ္ဍဲငံ ၅၀ ကရာၚ်ဖြိုၚ်တံၚ်သိုၚ်ၚ်
ပါရှိုကွေဲၚ့ဟဒုဘံ၁လန

听吧，缅桂花一样的姑娘，
哥的故事还没有讲完，
哥要顺着上一章脉络，
把巴罗的故事继续讲述。

帕板已经打了几次败仗，
帕巴罗的名声因此大扬，
很多人就把见到的情形，
去禀告给帕板捧麻典王：

"奴的大王啊，
情况确实不妙，
那位王子实在厉害，
神通广大法力高强。

"我们的三千将士，
一起向他射箭，
全被王子用宝剑挡掉，
一支也射不中他身上。

"接着那位王子还击，
拉动他的神弓，
射向我们士兵，
发出如雷劈样的声响。

"震撼了整个勐迦湿，
那三千将士就全阵亡，
我们翻开死者衣服查看，
却见不到中箭痕迹。

"他们身上非常奇怪,
只有一条红线般印迹,
从头顶一直划到小腹,
我们到底该怎么办呀?"

另一名将领也禀报:
"大王呀巴罗确实厉害,
他还会变出无数条绳子,
把我们的将士全部捆绑。

"任你有多大的力气,
都无法将绳子弄断,
他的法力实在惊人,
参战的人有去无还。"

另一位将领也上前禀报:
"那个巴罗实在了不得,
连仙伯父也打不过他,
看来我们只好认输了。"

帕板听到这些话
更加恼怒满脸通红,
气喘吁吁来回踱步,
他暴跳如雷地吼道:

"这个狂妄的年轻人,
他以为自己厉害,
谁都比不上他了,
那就好好等着瞧!

"本王一定要将他生擒,
把巴罗抓来剁成肉泥,
看究竟谁比谁更厉害,
你们不必灰心丧气。"

帕板捧麻典说完之后
就让人去把大鼓击响,
他要召集六万位帕雅,
还有臣官一起商量。

帕板向臣官们问道:
"哪位勇士有本事,
　练就了高强本领,
　可以同巴罗相抗衡?

"要射箭又准又狠的人,
　还要打仗不怕死亡,
有种就站出来替本王办事,
把那个小子擒获算总账!"

这时候在场的人面面相觑,
你看我我看你没人敢开腔,
帕雅们沉默了好一阵之后,
才站出四位精通法术的大将。

四个大将自告奋勇站出来,
　他们是帕板的贴身卫官,
跟有名大师学得一身本领,
　全都是挥刀射箭的好手。

　　　一位名叫昆烈,
　　坚强如钢铁铸成,
　　第二位名叫昆董,
　　眼疾手快胜过鹰隼。

　　他能像鹰隼抓斑鸠,
　　身手之快如同电闪,
　　还有一位名叫昆扁,
　　他胆大包天谁都不怕。

　　最后一位名字叫昆扎,
　他力气之大能把山击垮,
　他勇猛强悍力大无穷,
　应付七头大象不在话下。

　他们回答帕板捧麻典说:
　"奴仆们尊敬的大王啊,
　　奴四人愿意去抓巴罗,
　他再厉害我们也不害怕。

"我们四个勇敢善战,
各种各样的法术都会变化,
都具有七头大象的力气,
他有神圣法力我们不怕。"

帕板捧麻典十分高兴,
就为他们准备奖赏物品,
有金银珠宝衣物,
全都堆满在地上。

听吧,哥要继续唱,
挂在树枝上的项链啊,
看来唾手可得很简单,
四位大将见后都眼睛发亮。

现在哥要讲这四位勇将,
个个都有七头大象的神力,
他们自认为一定能取胜,
就以最快的速度奔向塔楼。

他们到了那个地方,
看见巴罗坐在仙宫里,
正和婻乌莎公主聊天,
神态安逸像没事一般。

他们看见后好话不说,
连招呼也不打一个,
他们出口就恶语伤人,
全没把巴罗放在眼里:

"不知天高地厚的巴罗,
如果你真的有大本事,
就赶快下来比斗一场,
老子已经等得不耐烦。

"如果你不敢下来比斗,
说明你已经认输投降,
那我们就要上去抓你,
你自己拿主意别犹豫。"

帕巴罗听后对他们说：
"如果你们要和我比法力，
你们先回去吃饱白米饭，
这是你们最后的美餐。

"再向你们妻儿告别一声，
生离死别做最后了断，
趁着活着还能告别，
免得死了无法告别婆娘。"

那四名勇士听后回答说：
"我们既不回去吃白米饭，
也不回去和妻儿告别，
这种事并非大丈夫的作为。

"我们四勇士谁都不怕，
你别说废话赶快下来吧！
如果你不下来的话，
我们可就要上去捉拿。

"我们要抓住你剁成肉酱，
要把你连皮带肉全都吃光，
现在我们到这里来了，
这可是你最后的时刻。"

帕巴罗听后非常恼怒，
就从楼上跳了下来，
他冲到四将军面前，
四个勇士随即一起扑上。

他们把帕巴罗死死抱住，
准备拿绳子将他捆绑，
此举已经较量过一次，
巴罗笑他们故伎重演。

他们一拥而上抱住巴罗，
有的摁手有的抱腿，
他们死死地抓住帕巴罗，
然后拿出绳子把他捆绑。

巴罗微笑看着他们,
只见他用力把身子一甩,
再用脚前后左右一踢,
把四个人踢到很远地方。

四个人这才知道厉害,
这一甩吓得他们目瞪口呆,
四个人都被摔个半死,
痛得他们哭爹叫娘。

菩提萨尊者就走上前,
用平和口气问他们:
"你们还想不想再试一试,
看看究竟谁更厉害?"

那四个人连忙爬起身,
跪在帕巴罗脚前求情,
不停向菩提萨尊者叩拜,
请求留下性命重新做人。

帕巴罗没再继续施法,
回寝宫和乌莎嚼槟榔,
他只是教训他们一顿,
让他们知道他的厉害。

帕巴罗悠闲地嚼着槟榔,
四个人觉得快要死了,
跪在地上爬不起来,
可怜兮兮样子可笑。

帕巴罗就拿起仙壶下楼,
把仙水洒在他们的身上,
然后又重新跃上寝宫,
继续和婻乌莎嚼槟榔。

过了没多长时间,
那四个人恢复了神智,
爬起来坐了一会,
向帕巴罗叩拜后离去。

四个人狼狈不堪回到王宫,
　　向帕板捧麻典禀报,
四个人如同四只落汤鸡,
　　他们样子实在狼狈不堪。

话说帕板捧麻典送走四将,
　　以为此次必胜得意洋洋,
他和六万位帕雅以及大臣官,
　　正在宫里等待喜讯。

四个大将进了宫殿,
　　都是一副狼狈相,
帕板见后无比惊愕,
　　此时四人已向他叩拜:

　　"奴的大王啊,
我们全是他手下败将,
　　那个王子力气实在大,
我们一点也不夸张。

"按理我们算得上强人,
　　在勐迦湿里没有敌手,
我们一人能打赢一百个,
　　不料他一人就比四人强。

"我们四个人去跟他斗,
　　我们已将他死死抱住不放,
有的抓手有的抱住他的脚,
　　心想他就是插翅也飞不掉。

"可是还来不及用绳子捆,
　　就被他一摇一甩挣脱掉,
接着他用脚前后左右一踢,
　　就把我们踢飞一千庹远。

"我们四人都摔得昏死过去,
　　心想这辈子恐怕再见不到爹娘,
没曾想帕巴罗可怜我们,
　　用仙水使我们生还。

"得到他的施救我们才没死,
神志清醒后我们就回来了,
现在小奴们叩拜大王,
回来请罪也请大王思量。

"请求乘坐大象的大王三思,
息事宁人别再自找麻烦,
小奴们实在担当不起,
无法完成陛下交办的事。"

听吧,花朵般的妹妹,
像急流冲河岸一样的姑娘,
急浪冲击山丘土松岸垮,
整个勐迦湿都被震撼。

在场的帕雅和大臣都听到,
六万位帕雅感到为难,
同帕巴罗已经较量了几次,
要想取胜不那么简单。

那个帕板捧麻典却很狂妄,
他的智慧浅得如石上的井,
认为天下无人可与他比,
怎能败在这个小子手上?

他听了四个勇士的话后,
就对着六万位帕雅瞪眼看,
看了一会帕板才收回眼神,
臣官和大将便战战兢兢问道:

"按理我们勐是有能力,
可以征服整个南赡部洲,
为什么我们全勐的人,
征服不了他一个人?"

六万位帕雅此时也开腔,
向帕板捧麻典献出点子:
"奴的大王啊,
此事恐怕得好好商议。

"看来要想抓住这个王子,
已不能靠拳脚与他相斗,
我们应该想出其他办法,
再挑选出射术精湛的神箭手。

"让他们去把巴罗围住,
然后一起把箭射向巴罗,
那样才有可能把他杀死,
否则要想制服他恐怕难。

"此办法虽然较量过,
但那几个的箭术很一般,
要万里挑一再好生选拔,
选出的箭手个个精良。"

这时有四个人站了出来,
都是射术精湛的神箭手,
不相信巴罗会那么厉害,
自以为比前面四个更强。

他们自愿请命擒拿巴罗,
还挑选六万名神箭手随行,
他们到了婻乌莎塔楼前,
又把塔楼包围得水泄不通。

巴罗对乌莎说:
"上次来那么多箭手,
都以失败告终还不死心,
究竟他们还想玩什么花招?

"哥怀疑你父王亲自出动,
否则不会有那么大的胆量,
明摆着是来送死,
天底下哪有不怕死的人?

"所以我推想是帕板亲自上阵,
国王亲自上阵谁还敢不来?
所以才会增加那么多兵将,
要真是这样的话我就难办。"

婻乌莎听后说道:
"现在进来的不是父王,
是父王得意的兵将,
心爱的巴罗哥不必多想。"

巴罗心中有数,
他就告诉聪明的婻乌莎说:
"哥聪明伶俐的公主啊,
你这样说哥就不必顾虑了。

"现在我要施展神通,
哥要从空中攻击这些亡命徒,
我要再给他们点厉害,
把帕板的兵将全都冲倒。"

帕巴罗那样说之后,
就从将士的头顶上飞过,
他飞快地绕着城堡走了一圈,
用脚将瞭望楼和箭楼全踢倒。

帕巴罗的速度像闪电一般,
这些城楼里的人没反应过来,
就全被压在楼里面,
巴罗又回到乌莎的塔楼上。

巴罗对压在楼里的将士说:
"勇士们啊,
你们还是回家去吧,
别再拿生命开玩笑。

"先回去吃饱白米饭,
与妻子儿女告别诉衷肠,
你们战死之后,
丢下你们的妻子怎么办?

"你们的儿女将成为孤儿,
孤儿寡母实在太可怜,
我奉劝你们别做傻事,
这样白白丧命划不来。"

在楼外的将士听后回答说：
"我们是国王的军队，
绝对不会后退半步，
你一个人肯定要战败。

"我们已经把你包围，
你插翅难逃我们的围剿，
如果你怕我们就投降，
如果怕死就跪下求饶。"

那些将士还不知道自己处境，
只想着很快能把帕巴罗擒拿，
他们没顾上看箭楼倒塌情景，
还以为他们的神箭最厉害：

"你就赶快祈祷吧，
我们不但要攻打你，
还要你的这条小命，
要把你舂成肉酱！"

帕板捧麻典的将士说完，
就用弓箭一起向巴罗射去，
飞箭发出雷劈般的响声，
想要把帕巴罗的脚射断。

巴罗挥剑将射来的箭斩断。
帕巴罗还用箭敲击着弓弦，
发出像雷劈十万次的声响，
他对着那些将士说：

"我劝你们还是回去，
前车之鉴不可忘记，
不要让你们的妻儿，
成为寡妇孤儿！"

可是那些将士根本不理会，
又下雨般地向巴罗放箭，
那都是一群亡命之徒，
帕巴罗实在忍无可忍。

帕巴罗又挥起宝剑,
用宝剑挡住飞来的箭雨,
那些箭一碰到剑刃,
全都变成了碎片。

接着帕巴罗开始反攻,
他拉开神弓发射,
神箭射向对方将士,
发出十万次雷劈般声响。

整个勐被震得摇摇晃晃,
好像马上要陷下去一样,
六万名将士随之倒地,
顷刻之间几乎全部死光。

只剩下在最后面的一百多人,
这剩下的人就抱头鼠窜,
他们逃回勐迦湿王城,
全都被吓得手脚发软。

众多的人都亲眼所见,
目睹了这惨烈的一幕,
看见帕巴罗拉弓射箭,
听到那神箭发出声响。

那如同十万次雷劈声音,
至今还在他们耳边鸣响,
那响声震撼整个勐迦湿,
仿佛脚底下还摇摇晃晃。

令人非常惊恐害怕,
他们又喊又叫乱成一团,
神箭只射参战的将士,
无辜的人一个也不受伤。

在附近的人蜂拥来看,
仿佛在看玩耍的马戏,
看见将士们尸横遍地,
出现从未有过的惨状。

围观的人都纷纷在说,
王子的法力实在高强,
王子的神通实在广大,
六万将士眨眼间全死光。

"我们活在这个世界上,
从来都没有见过这样惨状,
这个王子的法力真神奇,
灾难将降临到百姓头上。

"为什么帕板还固执己见,
还不把婻乌莎许配给他,
其实他俩非常般配,
这样争下去只会两败俱伤。"

人们纷纷进入国王金殿,
下跪叩拜帕板捧麻典:
"奴仆们的大国王啊,
敬请国王马上停战。

"王子的神通实在广大,
王子的法力实在高强,
我们的六万名将士,
又能够拿王子怎么样?

"把他团团包围住,
用弓箭一起向他射过去,
那些箭射不到他身上,
却被他的神箭射死身亡。

"六万名将士全都死光,
他们的尸体堆积如山,
我们到底应该怎么办呀,
请帕板国王拿出个主张。"

帕板捧麻典听到这个消息,
狂怒万分肝肠寸断,
看样子他依然不会服输,
他暴跳如雷地大声叫喊:

"无论他的神通有多广大,
也无论他的法力有多高强,
总有一天我会想出办法,
一定会把他拿住!"

乌莎看到战争过程,
她的内心一片冰凉,
她无法忍受眼前事实,
但她又能够怎么样?

"奴的帕巴罗哥呀,
眼前的一幕实在太惨,
从今往后奴已没退路,
奴再也不能去见父王。

"巴罗哥呀,奴的主!
奴跟哥哥只能死心塌地,
请不要违背自己的诺言,
不要把乌莎妹妹抛弃。

"如果哥哥抛弃乌莎妹妹,
那乌莎妹妹就必死无疑,
心爱的帕巴罗哥哥啊,
妹妹只能孤注一掷。"

帕巴罗听后回答说:
"哥哥心爱的乌莎啊,
哥绝不会抛弃妹妹,
哥爱妹的心永远不变。

"哥不会让妹妹受苦,
妹既然成了哥的妻子,
哥就绝不会抛弃妹妹,
更不会让妹孤独死去。

"哥哥既然遇上了妹妹,
哥哥就绝对不会后悔,
即使妹妹父亲的将士再多,
又怎能把我战胜。

"不管他们派来多少人,
　哥一点也不感到害怕,
　哥照样会把他们击败,
我俩永远不会受到伤害。"

　巴罗这样对乌莎说后,
就搂着乌莎互相亲热,
仿佛刚才的激烈战斗,
　根本就没有发生。

再说贪婪的帕板捧麻典,
　他怒火中烧气恼无比,
　这成了他死亡的原因,
一步步在缩短他的死期。

帕板又召集六万位帕雅,
召集大臣官员们来商量,
商量如何进行这场战争,
　　一定要把巴罗抓到。

帕板捧麻典对大臣们说:
"无论那个王子有多厉害,
本王也有办法将他拿下,
　　大家不必惊慌。

"你们快去挑选勇士,
　要有神通的法力,
要身强力壮还要有胆量,
　不能少于三十万。

"准备好几十万张弓箭,
　把他包围起来射击,
万箭齐发如同暴雨,
　让他无法躲避。"

六万位帕雅对帕板捧麻典说:
"我们不能只用萨哈萨它麻弓,
还应该拿出火箭来射击,
这样子力量才比较强大。

"有的还要拿贝壳箭射,
贝壳箭的威力也很大,
还有的拿火斧箭射,
那东西的杀伤力更强。

"我们的三十万将士要机灵,
不要只从一个方向射击,
应该从四面八方围剿,
这样巴罗就无法躲藏。

"打仗时各自射各自的,
四面出击使他无法逃跑,
只要其中有人射中了他,
就能把他擒拿。"

这时候又有四个武士站出来,
他们自告奋勇去擒拿巴罗,
他们是昆桑开亚和昆兰巴纳,
还有两个是韦术拉和昆达拉。

四人都有很强的神通法力,
都能跃上一千庹高的空中,
在空中快速挥舞宝剑,
好比老鹰翱翔蓝天。

四个人带领四十万将士,
他们每人都手持弓弩,
还佩带有锋利的宝剑,
又把塔楼包围得水泄不通。

巴罗见到这种阵势,
又觉得情况不妙,
怀疑帕板亲自出马,
所以又问婻乌莎道:

"乌莎好妹妹啊,
这次可能你父王亲自上阵,
看样子比前几次更加凶猛,
所以我怀疑他亲自来战斗。"

婻乌莎探头看了一眼后说：
　　"不是，他上阵必定骑大象，
　　他的大象与其他将领的不同，
　　依我看都只是一般的兵将。"

　　帕巴罗一听就放心地说：
　　"那哥就只显显神通，
　　让他们见识见识算了，
　　没必要费力破那人墙。"

　　帕巴罗说罢跃上天空，
　　越过人墙飞到城墙上，
　　他像先前那样闪电式行动，
　　把城墙上的哨楼箭楼踢倒。

　　刹那间只见那哨楼箭楼，
　　像摇火把那样摇晃，
　　紧接着发出哗啦响声，
　　就全部倒了下来。

　　然后帕巴罗又往回飞，
　　落在婻乌莎的塔楼上，
　　他扫视一眼四周将士，
　　对那些嚣张将士开口讲：

　　"你们来多少人都没用，
　　还是保住你们的性命，
　　回去抱紧你们的老婆，
　　别让她们变成寡妇。

　　"好好活到九百万岁，
　　没必要白白送命，
　　你们这样死去毫无价值，
　　断送在这里更是难堪。

　　"我可怜你们才告诉你们，
　　别以为我是在这里说着玩，
　　来这里白白丧命划不来，
　　你们还是及早撤退更聪明。"

将士们依然不服气：
"你臭小子未免太猖狂，
也不看这是什么地方，
你能把千军万马抵挡？

"你还是赶快祈祷吧，
你的死期就定在今晚，
盐巴辣椒我们已带来，
今天就要拿你的肉下饭。

"我们还打算剁肉生吃，
这样吃起来会更香甜，
我们还要把你的骨头，
拿去舂碎让它成为骨粉。"

帕巴罗呵呵大笑后说：
"要赶快祈祷的是你们，
你们别不识抬举胡说八道，
主次颠倒在这里乱扯淡。"

双方互相对骂各不相让，
那四个勇士开始蠢蠢欲动，
他们握着宝剑腾空而起，
同帕巴罗砍杀起来。

帕巴罗见状不慌不忙，
他只是轻轻挥动宝剑，
顿时那四个勇士手发抖，
手中宝剑就全都被削断。

紧接着四勇士人头落地，
他们全都断气身亡，
其他将领依然不认输，
命令士兵把火箭射出。

暴雨般的火箭射了过来，
从四面八方向帕巴罗飞去，
那声音震荡了整个勐迦湿，
弄得大地摇摇晃晃。

帕巴罗还是不慌不忙,
他站在那里像座大山,
　　他抽出宝剑,
插在自己面前的地上。

任随敌人射来多少火箭,
到跟前就全部熄灭无火光,
　火箭全被宝剑挡住,
紧接着就碎成粉末。

帕巴罗开始用神箭,
敲击弓身发出震天响,
他向勐迦湿将士发出警告,
先礼后兵才是男子汉。

勐迦湿将士听到响声,
全都被吓得又哭又喊,
他们忙向帕巴罗求饶,
发出撕肝裂肺的哀嚎:

"奴的主啊,
我们听主的话,
回去找我们妻儿,
不敢再同您较量。

"请主饶恕我们,
留下我们的小命,
我们已知道做错,
不会再执迷不悟。"

这些将士说完,
就退到了一旁,
他们知道厉害,
不想再自取灭亡。

但不是所有人都想投降,
还有十万将士继续抵抗,
他们依然围在那里不动,
还不停对巴罗谩骂叫喊。

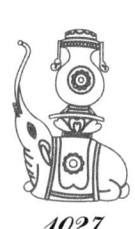

帕巴罗不忍心让他们送死,
连续打了三次招呼,
可是他们却不停射箭,
就是不肯退去。

任凭他们多疯狂,
不管射来的是什么箭,
只要飞到巴罗跟前,
就全都被宝剑削成粉末。

帕巴罗又再次警告,
严肃地对他们说道:
"你们这些找死的疯子,
莫非真想看看我的厉害?

"还不赶快逃回去找妻儿,
不懂得孤儿寡母有多可怜?
我可要认真地告诉你们,
你们如果死了就不能生还。"

可他们还是不肯退去,
照样向帕巴罗不停射箭,
帕巴罗见劝告无效,
只能给他们颜色看看。

巴罗拉开神弓,
射出一箭顿时震天价响,
那响声像雷劈十万次,
十万将士就当场死亡。

那支神箭又自动飞回,
回到帕巴罗的箭匣里,
那些退在一旁的将士,
见到此情形惊恐万状。

他们乱嚷嚷大声惊叫:
"这位王子神通太大,
这位王子法力太高强,
我们千万不可再反抗。"

十万将士就这样白白丧命,
才眨眼的工夫就全都死光,
投降的人都在庆幸还活着,
称赞帕巴罗神圣伟大。

说他神圣法力无人能比,
骂帕板捧麻典愚昧无知,
抱怨他不把乌莎许配巴罗,
把完美的婚姻弄得一团糟。

他们还说帕板应该醒悟,
应该把乌莎许配给巴罗,
如果此事再继续弄下去,
国家将从此完蛋。

这些人一边说一边做事,
他们在打扫战场,
收拾那些死去将士尸体,
抬去丢进大河里。

做完这些事情之后,
他们才往宫廷里走,
他们要去禀报情况,
告诉帕板捧麻典王:

"奴的大王啊,
这一仗打得非常糟糕,
这位王子神通实在大,
他的法力实在太高强!

"他有把宝剑,
一挥动所有将士全死亡,
我们射去的箭也全失效,
都碎成粉末只能做肥料。

"他只用神箭一敲神弓,
发出如同雷劈十万次般的声响,
响声震撼着勐迦湿广袤的大地,
我们的十万名士兵就全都死光。

"死去的将士们很奇怪,
身上也不见有任何痕迹,
不论是刀劈枪刺或者箭穿,
只有一条头发丝细的红印。

"红印从头顶一直到小腹,
每个死去的将士都是这样,
我们到底该怎么办才好呀?
请国王赶快拿出解决主张。"

帕板捧麻典听了又气又恼,
心想这种本事并不奇怪,
这样的神通自己从前就有,
莫非他的本事同自己一样?

他有一把萨哈萨它麻神弓,
威力同那腊亚神弓一样,
他打着咚咚的弹舌声,
咬牙切齿瞪着眼走出王宫。

他去到婻乌莎的塔楼旁,
站在距离不远的广场上,
非常傲慢地站在那里,
注视着婻乌莎的塔楼。

婻乌莎看见后告诉帕巴罗:
"那个站在广场上的人,
就是帕板捧麻典父王,
看来他要亲自出马来攻打!"

帕巴罗听后向广场望,
果然看到帕板捧麻典,
他念咒施法让乌云遮住天空,
使整个天空变得非常阴暗。

帕板先用神箭敲击弓弦,
发出雷鸣一样的声响,
然后就拉开他的神弓,
把神箭射向帕巴罗。

巴罗用宝剑一挡,
帕板射出的神箭撞上剑刃,
神箭被撞得飞了回去,
又回到帕板的箭匣里。

帕板捧麻典又接连发射,
神箭都无法挨近巴罗身旁,
全被宝剑挡回,
帕板伤透脑筋火冒三丈。

帕板每次射出的神箭,
都撞上巴罗的宝剑,
而且都被撞得飞回来,
又回到他的箭匣里面。

帕板捧麻典见此情况,
就用嘴喷出熊熊火焰,
他想用火去烧死帕巴罗,
不料巴罗念神咒大雨从天降。

帕板喷来的烈火被浇灭,
失去威力的帕板一筹莫展,
帕板为此心里十分沉闷,
只得返回自己的宫殿。

很多人都亲眼目睹这一幕,
如同针尖对着石板,
连帕板都打不过帕巴罗,
大家感到万分惊恐和难堪。

人们在一块儿议论纷纷:
"这位王子真是了不得,
神通广大法力高强,
连帕板捧麻典也打不赢他。

"号称天下无敌的国王,
赢不了这位帕巴罗王子,
这位王子比帕板还厉害啊,
这样天下没人能打赢他了。

"既然这样帕板为啥还固执己见,
不把乌莎许配给这位王子呢?
多少人来劝说他也听不进,
其实把乌莎许配给巴罗才是道理。"

第五十一章 强攻不成设圈套 乌莎巴罗坐铁牢

听吧,
哥哥亲爱的小妹妹啊,
妹妹就接着听下去吧,
下面的故事会更精彩。

帕板捧麻典法力高强,
却战胜不了巴罗王子,
帕板屡战不能取胜,
他心里就更加恼怒。

于是帕板召集六万位帕雅,
要他们拿出制服巴罗的办法,
被召来的还有众臣官,
以及大将和婆罗门司祭官。

帕板捧麻典对他们说:
"各位帕雅和臣官,
从前我是战无不胜,
现在我却成了败将。

"我败在巴罗手里,
一个乳臭未干的无赖,
这口气我无论如何咽不下去,
请大家出点子制服那小子。

"当初巴罗来到我们这里,
好言好语向婻乌莎求婚,
本王看不惯他就没答应,
只想用武力让他快点滚。

"现在这个小子竟然胜了我,
让我脸面丢尽这如何得了,
你们全都是本王的忠臣爱将,
请你们提出战胜巴罗的好主张。

"他拿宝剑跟我战斗,
他为何具有如此大的神通?
他是个初出茅庐的毛头小伙子,
为何法力如此高强!

"莫非他是帕雅因,
莫非他是梵天王,
莫非他是妖魔鬼怪,
他到底是个什么东西?"

帕板已显得无可奈何,
就让婆罗门国师测算,
婆罗门国师精通呼啦知识,
能准确无误出主意。

大国师经过测算之后,
向帕板捧麻典禀报道:
"奴的大王大事不好,
这个巴罗很有来头。

"他有一半是王族的血统,
有一半是天上神仙的血缘,
他是帕那罗延那家族后裔,
是仙人合一的优良后裔。

"他的神力大得出奇,
超过三百万头大象,
他身上还带有几样神秘宝器,
使他拥有神通和高强法力。

"想要凭力气擒拿他绝不可能,
想要用宝剑杀死他也是白费力气,
想要下毒把他毒死恐怕也不容易,
因为他是梵天神的后裔。

"正因为他的血缘和复杂关系,
才有极美的相貌和芬芳的体香,
乌莎仙女也才会对他爱得入迷,
想把他们俩分开可以说是妄想。

"如果我们想要抓住他,
靠武力只会白送生命,
所以只能用办法智取,
用好话引诱使他上当。

"骗他进入设下的圈套,
再用铁牢把他羁押,
把他死死关住再设法处置,
这是上策除此别无他法。"

帕板听后感到很恼火,
气得周身火烧火燎,
像有十万只风箱吹火,
煎熬着他的身体和头脑。

他回想起同巴罗的几次较量,
每次他都死了大批士兵将官,
甚至还请了哥哥阿奴贡盘腊,
神仙哥哥也成为他手下败将。

至此帕板捧麻典才解开谜团,
原来巴罗非同一般,
所以自己才屡屡战败,
他后悔知道得太晚。

他想不到巴罗有这样的背景,
他嫉妒巴罗拥有的神通,
他以为普天下只有他当老大,
他没想到巴罗竟是他的克星。

他采纳了大国师的建议,
他要不惜代价置巴罗于死地,
他要继续做人间第一君王,
他要排除一切干扰和阻力。

现在我要继续吟唱的歌，
就是帕板如何制服巴罗，
如何设下圈套把他囚禁，
巴罗又如何将计就计。

这故事讲起来比较复杂，
关系到人生的因果报应，
好人会有好结果，
佛祖保佑心地善良者。

勐迦湿国王做了坏事，
上天不会放过他的，
就在帕板加害巴罗的时候，
勐迦湿出现了怪现象。

这是一段黑暗的日子，
勐迦湿天气出现异常，
国家出现了很多怪事，
瘟疫疾病四处大流传。

灾难频频发生，
国内一片混乱，
那些怪事前所未见，
乌鸦和蝗虫飞到竹楼。

猪和鸡鸭也爬上竹楼，
人畜混居乱作一团，
夜晚猪狗高声狂叫，
弄得村民人心惶惶。

接下来大批牲口死亡，
疫疾传播到四面八方，
这些稀奇古怪的事情，
我要一件件地细细讲。

话说怪事不断发生，
弄得国王惶恐不安，
他为此夜不能眠，
白天也吃不下饭。

他于是向臣官发出命令,
召集精通天文历法的人商量,
还叫来善于占卜的司祭官,
要他们解释发生的怪现象。

这些日子国王心里不安,
他生怕引发全勐大灾荒,
他担心这样下去事态恶化,
他生怕勐迦湿就此灭亡。

"我请你们进宫有大事磋商,
究竟是凶是吉你们要弄明朗,
你们一定要想办法占卜算卦,
准确无误才能定出解救良方。"

婆罗门司祭官领会旨意,
赶紧拿出婆罗门的八卦板,
口中念念有词轻声诵读,
一格又一格进行详细推算。

他们经过一番紧张工作,
司祭官终于看出点名堂,
他们发现格子上有暗影,
这是个令人担忧的现象。

暗影意味着关押了神,
这可能是灾难的根源,
权威的婆罗门司祭官,
把这个现象禀报国王:

"在塔楼上的那位神仙,
他有无穷无尽的力量,
勐迦湿没人能战胜他,
要抓到他非常困难。

"他不食人间烟火,
他的食物是仙食,
他实际是天神化身下凡,
所以没有臭气只有芳香。

"如今他爱上乌莎姑娘,
要制服两个神仙就更难,
请求国王只能用软办法,
好好讲理事情才好办。

"我们来盖一座大凉棚,
假装进行大赶摆,
然后把巴罗引下塔楼,
让他两人把往事遗忘。

"再佯装给他俩举行婚礼,
一切仪式按照老习惯,
成全他俩的婚事,
给他们吃下定心丸。

"接着逼巴罗拿出彩礼,
有提亲礼物才能拴线,
才能做夫妻一起生活,
他的警惕性就会松散。

"然后让他俩搬进新楼,
新婚之夜心情舒畅,
当夫妻俩正在欢乐之时,
一把大火把新楼房点燃。

"而后再用铁锤棍棒,
把夫妻俩打成重伤,
再关进铁牢里,
这样他就难逃我们手掌。

"一旦把他关进铁牢,
他就得听我们使唤,
至于如何处死他们,
再来仔细商量。"

司祭官和国师主意都一样,
国王决定按他们的意见办,
于是就叫来了首辅大臣,
要他马上准备不可怠慢。

听吧,
哥哥亲爱的小妹妹啊,
故事越来越精彩,
就要进入最激烈篇章。

正当帕板下了决心的时候,
善良的农板王子走进来,
他已经看到惨烈的现象,
他不忍心悲剧继续发展。

他要劝说父亲帕板捧麻典,
以及六万位帕雅和臣官,
还有王族的亲戚兄弟姐妹,
要把自己想法对大家谈:

"尊敬的父王帕板捧麻典,
还有六万位帕雅和大臣官,
这位王子的神力无人可比,
有三百万头大象的力量。

"在这个世间上生活的人,
凭力气捉拿他全是白想,
他又有高强的神通法力,
想要捉拿他就难上加难。

"我们想要用弓弩把他射死,
那也是白白浪费我们的箭,
因为他有一把神圣的宝剑,
还有一张威力强大的神弓。

"他只要一挥宝剑一射神弓,
就能让几十万人一起死光,
他又精通咒语法术,
这样的法力有谁能抵挡?

"他要放出什么样的火都行,
有时候吹过去还会变成江河,
他的神圣威力如天上神仙,
我们完全没必要同他较量。

"因为他的亲生母亲是仙女,
就是帕那罗延那的女儿,
这位巴罗王子是梵天神,
一半是神仙一半是王子。

"正因为他是神仙,
所以从来不会眨眼,
他只吃仙界的食物,
没有腥臭的屎尿。

"他只有芬芳的体香,
同妹妹乌莎完全一样,
也正因为有这些关系,
他才有神仙一样的容貌。

"就连那些美丽的树仙,
都非常乐意做他的妻子,
所以乌莎才对他入迷,
两个人的爱情无法割断。

"要想凭武力抓住他,
跟他硬来是绝对不行,
只会使我们的人全都灭绝,
到头来只会把勐迦湿埋葬。

"我们应该以好话相劝,
也就是说向他叩拜致歉,
用礼盘放上鲜花蜡条,
派高规格的官员向他敬献。

"并在王城里建一座宫殿,
在宫殿里摆好宝座蒲团,
再恭请他陪伴着婻乌莎,
迁居到新建的宫殿里面。

"为巴罗和乌莎拴线祝福,
为他们两个人举行婚宴,
等所有的活动都结束之后,
再想办法将他们留住。"

农板与国王想法大致相合,
帕板捧麻典听后更加欢喜,
至于农板为何会出此下策,
或许因他与帕板是父子关系。

或许农板还另有想法,
谁也不知他心里啥主意,
因为他已懂得巴罗法力,
没有办法能把巴罗困住。

可能他想减少国民伤亡,
又不敢得罪帕板捧麻典,
所以农板才会出此下策,
这种做法对双方都有利。

虽说主张大致相同,
但双方的想法却是同床异梦,
农板明知办法无效,
要父王为他俩举行婚礼才是真。

这好比把米下锅煮成熟饭,
在国人的面前造成了影响,
到时即便乌莎和巴罗跑掉,
既成事实父王反悔已晚。

在整个勐迦湿的疆域里,
无论是大勐小勐的帕雅,
都说农板的话很有道理,
帕板捧麻典当即宣布:

"巴罗是个披哈龙①,
不处死他国家无希望,
各位大臣要全力以赴,
事成后我要加倍嘉奖。"

---

①披哈龙:傣语,大瘟疫鬼。

真是道高一尺魔高一丈,
各人都在打自己小算盘,
帕板已领教过巴罗厉害,
心知用普通铁牢关不住他俩。

国师和农板都不知帕板底细,
他还有不为人知的一步绝招,
他变出铁牢再注入秘咒,
有天大本事的神仙也跑不掉。

于是帕板捧麻典开始行动,
让四位大国师端着礼盘,
礼盘装有米花鲜花和蜡条,
他们前往婻乌莎的塔楼。

他们来到婻乌莎的塔楼后,
向帕巴罗和婻乌莎行叩拜礼:
"奴的王子和公主啊,
帕板捧麻典王已回心转意。

"还有众帕雅和大臣将领,
以及各个小勐的六万君王,
都觉得不该这样对待你们,
不该让你们难堪。

"因为他们都已经见识过,
王子的神通法力极高强,
大家都感到害怕恐惧,
将士也死了几十万人。

"这样下去有灭顶之灾,
勐迦湿会走向灭亡,
所以请求王子和公主夫妻俩,
不要记恨奴等以往错误主张!

"现在帕板捧麻典非常后悔,
帕板和农板及王族已着手准备,
为公主和王子举办婚礼仪式,
现在宫廷内外都特别忙碌。

"帕板王要亲自为你们拴线,
把公主许配给王子做妻子,
人们开始在城中建造宫殿,
　准备拴线仪式的用品。

　"等吉日良辰一到,
就来恭请两位前往,
请两位先接受祝福,
接受献给两位的礼盘!"

帕巴罗接过礼盘后说:
"好的,感激不尽,
至于以往的误会和过错,
我们两人绝对不会记恨。

"对父王也没有什么看法,
愿意讲和友好往来更好,
　我们接受这份礼盘,
等新宫殿建好就通知我们。"

巴罗和乌莎很有礼貌,
表示遵守诺言讲信用,
请臣官回王宫代回话,
感激父王帕板捧麻典。

这时纯朴的乌莎姑娘,
以为父王已改变意愿,
让他们如愿地成为夫妻,
同意为他俩拴线祝福。

但是聪明的巴罗另有所想,
觉得国王的转变有些突然,
他对此举心里头有些疑虑,
不大放心又只好勉强照办。

不过帕巴罗准备两手,
看看国王要什么手段,
他想将计就计走着瞧,
到时随机应变再做打算。

第五十一章

告知巴罗和乌莎之后,
帕板就下令动工建宫殿,
要在靠近乌莎塔楼的地方,
新建一座华丽的宫殿。

大臣们立即做准备,
盖起凉棚请来木匠,
筹集了大批的木料,
建盖新郎新娘住的宫殿。

工匠们日夜兼程,
没有一个敢偷闲,
经过七天七夜苦干,
建成华丽宫殿。

接着帕板国王下达命令,
全勐百姓汇集王城赶摆,
参加王子公主的盛大婚宴,
王城所有官民一道联欢。

大臣们忙着搓金蜡条,
为婚庆准备各种事项,
经过一番忙碌之后,
婚宴事宜准备妥当。

他们摆设好金床宝座,
备好拴线仪式的物品,
摆好王官们坐的蒲团,
全都是婚礼必备用品。

四周还竖立各色彩旗,
宫墙上镶嵌各种金器,
雄伟壮丽如同仙宫,
还准备了高贵的丝绸布匹。

宫里还摆放许多金银珠宝,
作为敬献新婚夫妇的礼品,
礼品中有骏马黄牛和水牛,
还有许多少男少女侍从。

只等待着吉日的到来，
给乌莎巴罗举行婚礼，
正式招巴罗为驸马爷，
与乌莎同床共枕结成鸳鸯。

听吧，美丽善良的姑娘，
像十万朵花开放的妹妹，
像十万朵花的芬芳香味，
有十万只蜜蜂来采蜜不断。

渔夫会做各种捕鱼工具，
白鱼戏水常死在他们手上，
有各种挂网撒网和钓鱼钩，
挂着鱼饵的钩放在水里。

鱼儿认为是好食物就吃，
等到咽下肚就被钩钩住，
又比如蚂蚁在树上爬行，
也会死在香甜的食物上。

到了吉日的那天，
人们在新宫殿里摆好酒水，
还有饭菜和各种美味食物，
一切摆设同真正婚礼一样。

帕板叫来四位大国师，
带上礼品去请巴罗和乌莎，
他们去到婻乌莎的塔楼，
毕恭毕敬地向他俩叩拜：

"奴的王子和乌莎公主啊，
今天就是大吉大利的好日子，
我们大家来恭请王子公主，
到城中的宫殿里举行婚礼。"

巴罗和乌莎接过礼盘，
非常愉快地接受邀请，
然后就从塔楼下来，
前往城中新宫殿。

巴罗装着若无其事的样子,
带着美丽的乌莎姑娘,
他们走下十二层金塔楼,
走进凉棚接受众人祈祷。

人们见到这两位新婚青年,
都说是天生一对地造一双,
因为两位都是神仙下凡人间,
一对相貌盖世的新郎新娘。

这两位神仙夫妻,
都长着迷人的脸庞,
还有着优美的身材,
更有高强的本事。

帕巴罗和婻乌莎姑娘,
身上都发出特殊芳香,
香味飘进人们的鼻子,
令在场的众人陶醉。

然后他们进入新王宫,
两人都非常开心,
乌莎和巴罗携手相伴,
坐在专门备好的宝座上。

各色人物齐聚,
有富裕的商人,
有成群的百姓,
还有帕板和王族。

他们按照古老的规矩,
按照傣家人传统习惯,
准备了各色各样礼品,
装在金银做成的盘子上。

他们把金蜡条摆在圣桌上,
从塔楼上请来了新郎新娘,
帕板国王装出满面的笑容,
当众宣布巴罗为公主的新郎。

帕板捧麻典端坐宝座上,
他装出充满诚意的模样,
　不露声色笑容满脸,
他的这出戏演得很好看:

"父王已同意你们结婚,
　你俩从此可以结成双,
　　你们是幸运的一对,
　祝贺你俩新婚美满。"

首辅大臣和众帕雅臣官,
　以及婆罗门大国师,
　共同为两人拴线祝福,
祝福他们成为美满夫妻。

而后盘子端到长老面前,
供长老为两位新人拴线,
　长老端坐盘起双腿,
开始把拴线词诵念:

"哦,今天阳光灿烂,
　今天的日子美好吉祥,
　今天王子和仙女成婚,
今天王子与仙女坐上金床。

"一切忧愁苦恼不会挨近,
　一切幸福欢乐全部来临,
　所有人都在你的福荫下,
　所有的人向你致敬祈祷。

"今天这个吉祥的日子啊,
　王子与仙女成为夫妻,
　统领国家臣民奔向前程,
　国家从此昌盛安宁。"

所有的仪式都按规矩进行,
　　婚礼进行得像模像样,
婚礼结束后就接着上新房,
在场的人个个都热情高涨。

在众多文武百官的陪同下，
新郎带着新娘走进了洞房，
成千的宫女随从，
簇拥在新婚夫妇两旁。

仪式自始至终非常热闹，
完全是傣家人古老习惯，
善良的人不知这是阴谋，
整个过程没有任何破绽。

设计这个害人的圈套，
到头来难说会有好下场，
俗话说害人终害己，
这个规律难以违反。

闹新房的人已散尽，
此时天色已经很晚，
两位新人上床睡觉，
一道进入甜蜜梦乡。

此时首辅大臣交代手下武士，
把宫女和佣人都叫到门外，
不准他们进屋倒茶水侍候，
更不准到新房里看守新娘。

只准他们站在外边，
只做出值守的模样，
以此来麻痹其他人，
不惊动新娘和新郎。

目的是让他俩放松警惕，
让新娘新郎以为一切正常，
到了更深人静的时候，
大臣带领武士开始行动。

其实帕巴罗并未入睡，
他早就识破国王伎俩，
他告诉妻子不要害怕，
静下心来看事态发展。

他说完全有能力对付，
不管父王采取什么手段，
他们继续假装入睡，
好像什么事都不知道。

夜已深沉，
金鸡就快拍打翅膀歌唱，
巴罗的警惕性越来越高，
他估计他们要采取行动。

他紧紧握着手中宝刀，
等待与杀手进行较量，
果然不出帕巴罗所料，
帕板正在施行他的方案。

他使用高超的法术，
变出铁牢罩住新房，
铁牢像蜘蛛网，
把楼房罩成个咸菜罐。

突然楼下嘈杂声大响，
不少人在那里手舞足蹈，
他们在那里幸灾乐祸，
说这小两口再也跑不掉。

这时美丽的乌莎姑娘，
听到嘈杂声才明了一切，
嫡乌莎跪着告诉夫君，
看来我们只有死路一条。

巴罗轻松地告诉妻子，
这一切他早已经料到，
今天落得这个地步，
完全是自己所制造。

因为他非常爱嫡乌莎，
她父亲反对也不动摇，
结果惹恼了帕板捧麻典，
想方设法把他俩围剿。

帕巴罗向婻乌莎表示,
要与妻子共患难,
他要求妻子不要担心,
相信一定会冲破难关。

帕板的这个铁牢,
巴罗认为将它打碎不难,
所以他显得满不在乎,
他安慰妻子把心放宽。

乌莎完全理解丈夫心情,
也清楚他的法术和力量,
她温柔地向夫君施礼,
微笑着安慰一番:

"今天阿哥受这份苦,
是为我才落进这铁牢,
铁牢紧闭着门,
妹妹决不离开我的夫郎。

"任何地方我也不会去,
生死都要守在阿哥身旁,
我希望阿哥不要抛弃我,
妹要与哥同生死共患难。

"阿哥完全可以一个人逃离,
可是妹妹一人恐怕就活不了,
要生要死哥哥都带着我,
是人是鬼我俩永相伴。"

帕巴罗听了妻子的话,
他告诉爱妻不必心慌,
他一定会把铁牢砸碎,
两人一道离开这黑暗地方。

他现在不急于砸碎铁牢,
是想让他们再继续表演,
让他们产生错觉,
以为他没有逃走的本事。

半夜里两人都觉得肚子饿,
乌莎姑娘就想走出铁牢,
回到塔楼去拿仙食,
给巴罗夫君充饥肠。

可是她试了好几次,
却始终走不出铁牢,
此时她才有些着急,
问帕巴罗该怎么办?

帕巴罗也觉得纳闷,
便试着把铁牢挣开,
但他反复试了几次,
铁牢坚固牢不可破。

他自己也试着走出去,
可是连分身法也失效,
巴罗坐下来冷静琢磨,
想起在雪山林学的一招。

他利用那一招重新试,
结果自己可以走出去,
但依然无法打破铁牢,
他只好自己去取仙食。

巴罗取回美味仙食,
两人一起填饱饥肠,
吃饱后巴罗安慰乌莎,
叫她别急办法慢慢想。

再说那帕板捧麻典王,
坐在王宫里高兴地想,
他看到巴罗已经中计,
对出主意的人猛夸奖:

"巴罗已成笼中之鸟,
插上翅膀也难飞翔,
老老实实地蹲在里面,
等我慢慢再同他算账。"

帕板捧麻典调来千名士兵,
让他们拿上尖刀和长矛,
还带上弓箭和长枪,
去处死巴罗和乌莎姑娘。

他一再叮嘱千名士兵,
到那里不要心慈手软,
要狠下心把他俩杀死,
然后拖到野外喂豺狼。

千名士兵紧紧围住铁牢,
除了兵器还外加大木棒,
士兵们一个挨着一个,
把铁牢围成人墙。

这些行动巴罗看得真切,
觉得他们实在幼稚可笑,
他想把他们全部消灭掉,
可是他又于心不忍:

"奉劝你们不要太愚蠢,
你们这样做没好下场,
你们还是赶快回去吧,
免得丢下妻儿没人管。

"你们不知道老婆守寡滋味,
你们不知道没爹孩儿悲惨,
等到你们的妻儿哭红了眼,
那时后悔已经太晚。"

士兵们不听帕巴罗的劝告,
他们想凭借人多势众的力量,
再说国王的命令不能不从,
于是都硬着头皮继续围攻。

他们使用弓弩,
纷纷射向他们夫妻俩,
没想到小两口平安无事,
那些弓箭近不了他们身旁。

帕巴罗好像若无其事,
他轻轻挥动他的宝剑,
来回打掉四周的飞箭,
千万支飞箭都被打断。

帕巴罗又使出了法术,
变出绳索把武士们捆绑,
武士和士兵一个连一个,
他们连成一串无法动弹。

被捆绑的士兵大声喊叫,
叫爹叫娘像要死一样,
他们向帕巴罗求饶,
请求留条生路返回家乡。

巴罗只想灭他们的威风,
并不想置他们于死地,
于是他审问武士和士兵,
问他们服输还是要顽抗?

武士和士兵听他这一问,
眼前出现了生还的希望,
他们迫不及待地回答,
千恩万谢巴罗的大德大量:

"我们已经知道错了,
我们是被逼来打仗,
我们不是大人的对手,
我等小人有眼不识泰山。

"我们服输投降,
从此再也不敢打仗,
从今以后改邪归正,
对您的话再不敢违抗。"

帕巴罗动了恻隐之心,
要替他们全部松绑,
他把神奇的宝剑一挥,
士兵身上的绳索全部割断。

这些被放走的士兵武士，
返回王宫里去拜见国王，
把经过从头到尾说一遍，
连细小的情节也没遗忘。

他们告诉帕板捧麻典国王，
这位王子的武艺不一般，
我等都不是帕巴罗的对手，
要想抓住帕巴罗恐怕很难。

他身上有一把神奇的弓，
动一下所有的人都会死光，
他会变出很多绳子捆绑我们，
这些绳子又韧又长。

这种绳索非常特别，
好像蟒蛇曲曲弯弯，
要是他不怜悯我们，
所有的人都会完蛋。

帕板捧麻典听后非常气愤，
他抱着脑袋一筹莫展，
阿奴贡盘腊已经连夜逃跑，
看来要制服他不那么简单。

再说那逃回家的阿奴贡盘腊，
躲在家里失魂落魄，
他心想如果晚一点逃跑离开，
恐怕他的十万人马全部完蛋。

好在他能够当机立断，
势头不妙就急忙收兵，
终于保存六千多士兵，
回想起来仍心惊胆战。

此次阿奴贡盘腊临阵督战，
对帕巴罗的武艺了如指掌，
他认为帕巴罗天下无敌，
可能要做人世间第一大王。

他认为这是上苍安排,
天意无法违抗,
顺天意者即顺民心,
阿奴贡盘腊豁然开朗。

阿奴贡盘腊再次来到勐迦湿,
他悄悄来到了铁牢外,
他客气地询问巴罗,
想把事情的经过了解端详:

"你是从什么地方来的,
你的家住在什么地方,
现在家里还有什么人,
谁是你的亲爹娘?

"他们都是干什么行当,
你为什么有这么大力量,
你为什么会来到这里,
为何激怒帕板捧麻典王?

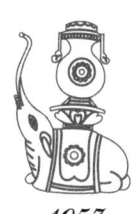

"你来后帕板王受惊不小,
莫非是帕雅因派你下凡,
到人间来当大王,
你想把人间整成什么样?

"莫非你是帕雅因,
或许你是金翅鸟王,
抑或是天上最大神仙,
来到勐迦湿巡视游玩?"

帕巴罗看到来者有诚意,
就把来历告诉阿奴贡盘腊王,
不吹牛也不缩小事实,
有什么说什么没有隐瞒:

"尊贵的阿奴贡盘腊王啊,
我不是天神更不是天王,
不是帕雅因下界,
不是魔鬼来人间作乱。

"我不是乞丐专要人施舍,
也不是金翅鸟王捕龙充饥肠,
我不必隐瞒自己的身份,
我是个堂堂正正男子汉。

"我的出生地经书上有记载,
勐邦果是生我养我的家乡,
详细情况经书上都有记载,
在这里我不必一一讲。

"勐邦果还有另一个名字,
人们都称为勐邦果联邦,
在我的身上有两种血缘,
人神在我身上各占一半。

"婻迪芭玛丽是我母亲,
帕那罗延那是我外公,
我父亲是婻苏塔尼提娜之子,
他的名字叫丙比桑。

"帕亨达是我的爷爷,
他原来是勐邦果国王,
我国有一百二十一个勐,
一百二十一个勐都属我管。

"我并非游手好闲浪荡子,
不是专门靠抢劫来吃饭,
现在帕板王搞这个铁牢,
我觉得这个铁牢蛮漂亮。

"把我保护起来很安全,
这样子比住在野外强,
我要感谢他的良苦用心,
他对我这个女婿蛮喜欢。

"不知道帕板想拿我怎么样,
他这样做是打错算盘,
他还有什么本事全使出来,
我巴罗倒想领教一番。

"我的来龙去脉就这些,
　　不清楚可以继续谈,
　其他的事情我无可奉告,
　敬请阿奴贡盘腊王原谅。"

阿奴贡盘腊听后频频点头,
他知道了真相脸色很平静,
　　　他安慰这对夫妻俩,
　他准备再去说服帕板王。

　　神通广大的帕巴罗啊,
　　他这个人像金子一样,
　　其实他根本没什么错,
　阿奴贡盘腊转变了思想。

他认为帕板应该好好反思,
闹成这个样责任由他承当,
如果说作恶要下油锅的话,
肯定应是帕板捧麻典国王。

　　　帕巴罗已经一忍再忍,
　　　他对这件事一再申辩,
　　他之所以没有讨伐帕板,
　是因为看在他是长辈分上。

巴罗又对阿奴贡盘腊说:
"帕板捧麻典王绝对错了,
我改变不了他的铁石心肠,
　希望他不再玩弄手腕。

"我如果不可怜平民百姓,
　不可怜千万臣民的平安,
　恐怕死的不仅仅是士兵,
　　连帕板也难逃一死。

　　"我希望他自己悔悟,
　别耍小聪明自取灭亡,
　做了坏事又想做好人,
　这是很不光彩的伎俩。"

乌莎听了夫君的话,
感触良多心里发痒,
觉得父王不近情理,
她接着巴罗的话也开口讲:

"我和帕巴罗王子,
前世有缘今生成双,
我俩又都是仙人,
没理由把我俩分开。

"现在又用铁牢关住我们,
他的做法完全没道理,
他的目的永远达不到,
到头来会落得空荡荡。

"其实要害我们谈何容易,
他忽视了我们都是神仙,
神仙不食人间烟火,
永远都不用大便小便。

"所以我说父王做了蠢事,
做蠢事的人脑子太简单,
我希望父王能及早悔悟,
若继续下去将遗臭万年。"

乌莎用通俗易懂的道理,
来说服阿奴贡盘腊王,
阿奴贡盘腊听了两人陈述,
感到内疚羞耻很难堪。

阿奴贡盘腊此次私访,
受到教育弄清了真相,
他改变主意悻悻离去,
不想再去见弟弟帕板。

我的歌暂时唱到这里,
算是其中的部分篇章,
我把它夹在中间来唱,
像蕨菜一样弯曲蜷缩。

我已经累了想休息一下,
　　　　否则会把故事讲乱,
　　　这好比人在忙碌时候,
　　　容易丢三落四分不清方向。

　　　　我这个故事比较长,
　　　　整个故事又比较乱,
　　　　有些情节还会重复,
　　　　有些事情又忘记讲。

　　　　这个故事需要修改,
　　　　边写边整理边完善,
　　　有时中午想好的情节,
　　　晚上才来刻在贝叶上。

　　　佛祖世尊说了谦虚的话,
　　　但是这章的故事确实复杂,
　　　　他不得不进行详细归纳,
　　　他对比丘和释迦族王亲说:

　　"众比丘和释迦族王亲啊,
　　那个帕板王采纳臣官主意,
　　　用铁牢囚禁巴罗和乌莎,
　　还派一千弓箭手对付巴罗。

　　"巴罗好心劝告他们不听,
　　　弓箭手还说他们不害怕,
　　　　从远处用弩箭射巴罗,
　　　巴罗若无其事不动一下。

　　　"弓箭手又靠前射巴罗,
　　　　巴罗就挥起宝剑抵挡,
　　　　射来的弓箭全都失效,
　　　　　被宝剑削成粉末。

　　　　　"巴罗又抛出绳索,
　　　　　将一千人捆在一起,
　　　　　　好像无数蟒蛇,
　　　　　　缠住麂子一样。

"绳索把他们勒得万分疼痛,
全都忍不住开口求饶,
巴罗这才撤回绳索,
释放了士兵们。

"从此以后铁牢平静下来,
再也没有人敢来骚扰,
他们无法对付帕巴罗,
谁也不敢去那里找死。

"铁牢外只有几个人在巡逻,
虽然他们手里都拿着宝剑,
却没有谁敢对巴罗动手,
只做个样子应付帕板而已。

"聪明的阿奴贡盘腊,
偷偷溜进铁牢把巴罗看望,
他已被巴罗打得一败涂地,
他想弄清巴罗是什么人物:

"'请王子实话告诉我,
你是从何处来到这里,
我到底该怎么称呼你,
你出生在哪个家族里?

"'你究竟是毗沙门①的族系,
还是忉利天界的帕雅因,
莫非是七金山上的天神,
还是海底下的龙王?

"'为何有这样的神通法力,
能抵挡我众将士的攻击,
我来攻击你都感到惧怕,
现在请王子亲自告诉我。'

---

① 毗沙门:四天王中北方天王的名字,即多闻天王。

"巴罗听后回答说:
'阿奴贡盘腊大王呀,
我既不是因陀罗的人,
也并非毗沙门的族系。

"'我既不是帕雅因,
也不是什么水底的龙王,
你所说的那些地方,
都与我巴罗毫不相干。

"'我的名字叫巴罗,
这个名字有另外解说,
我是帕那罗延那血统,
一半是王族一半是神仙。

"'我母亲名叫婻迪芭玛丽,
是帕那罗延那梵天神的女儿,
我的父亲名叫丙比桑,
是帕亨达大君王的儿子。

"'我的爷爷原来在勐邦果,
统管着一百二十一个勐,
勐邦果是个泱泱大国,
这个你应该早就知道。

"'我生下来就不会眨眼睛,
身上有天生的芬芳体香,
我不吃人间的任何食物,
也不像人有腥臭的屎尿。

"'我不是一般的俗人,
也不是普普通通的男子汉,
假如谁想派军队来攻打我,
哪怕几百万人我也对付得了。

"'假如你们还要跟我对抗下去,
帕板捧麻典只怕会大丢脸面,
我在这铁牢里一点不发愁,
也不担心我会死在你们手里。'

"阿奴贡盘腊听后对帕巴罗说:
'帕巴罗呀,你再听我好好讲,
你应该敬拜在帕板捧麻典足下,
那样他就成为你和乌莎的父王。

"'你还年轻要懂得尊敬他,
这样才能够继承王位,
你的福运才会更加通达,
倘若这样连神仙也会赞扬。'

"帕巴罗对阿奴贡盘腊说:
'您说的这些话有些道理,
我也确实应该向帕板报恩,
但是帕板捧麻典却容不下我。

"'他不肯同我交好,
我实在没有办法,
其实蚂蚁同大象也可结缘,
都有建立家庭的愿望。

"'为什么帕板捧麻典那么固执,
想断掉我和乌莎的姻缘呢?
他这样做就好像酒鬼在捣乱,
他根本不按任何规矩行事啊!'

"帕巴罗说话的语气很高昂,
他不惧怕别人对他怎么看,
他心里根本不怕任何人,
仍然开心地和乌莎说笑。

"至于说帕板捧麻典对乌莎怎样?
要说他爱乌莎却又不像,
可能前世有仇怨也不知道,
这种父女关系非常怪诞。

"帕板见巴罗在铁牢里很悠闲,
心里就更想把他杀掉,
可是要杀巴罗并不容易,
因为帕巴罗是菩提萨尊者。"

佛祖世尊把故事复述，
他认为这样才更清楚，
他复述完重要的情节，
这才暂时把话题打住。

第五十一章

第五十二章

行善作恶皆有报
腊西奔走救女儿

ᦟᦲᧅᦰ ᦕᦱᧉ ᧕᧒ ᦂᦕᧄᧉᦈᦵᧄᦱᦎᦳᧈᦟᦂᦑᦲᦰᦟᦰᧂ

ᦵᦈᧁᦱᦉᦲᧉᦝᧃᧈᦗᦻᦟᦳᧈᦂᦟᦳᧉᦰ

听吧,亲爱的小妹妹啊,
太阳光照亮椰树叶,
椰树叶折射出光芒,
整棵椰树通身发亮。

湄南荒河源远流长,
湄南荒河汹涌奔流,
要知道水从哪里流出,
得自下而上溯本寻源。

哥的故事要继续讲,
这故事同江水一样,
也要溯本寻源,
从今生追溯到前世。

因为人的生命不断替换轮回,
巴罗和乌莎的今生同前世有关,
前世所为今生都会得到报应,
这就是他们为何被关进铁牢。

话说夫妻俩在铁牢的故事,
关在铁牢里有时心发慌,
他俩有时又说说笑笑,
有时追溯往事回想前世。

他们认为这是前世注定,
因果报应谁也无法回避,
即便生生死死一百回,
也无法回避这一关。

其实巴罗夫妻俩坐牢，
也正是因果报应使然，
这件事应从源头讲起，
讲清楚了就顺理成章。

话说巴罗和乌莎夫妻俩，
前世家里没有多少财产，
他们都是普通小百姓，
依靠做工赚钱吃饭。

他们住的地方名叫勐腊它，
在这个大国的宫中听使唤，
后来他们想改变自己命运，
两人移居到另一个地方。

他们在那里开荒种地栽稻秧，
还种豆角和金豆秧，
当稻谷和包谷成熟的时候，
遇到了灾害带来了麻烦。

老鼠和松鼠都来抢吃，
每天鸟雀成群不间断，
加上各种害虫的破坏，
几乎把庄稼全吃光。

眼见庄稼快被吃光，
乌莎急得泪汪汪，
她把这件事告诉丈夫，
请他想办法除害保粮：

"亲爱的夫君啊，
你就做个扣子吧，
下扣子专门除害，
否则我们将遭遇饥荒。"

丈夫听了妻子的话，
就做了许多笼扣夹老鼠，
这些笼扣还真管用，
把吃谷子的老鼠全都吓跑。

有一天来了一对鹦鹉,
每天在房前把歌唱,
妻子看着鹦鹉发呆,
觉得这对鹦鹉很好玩。

丈夫便将鹦鹉抓了起来,
妻子高兴得手舞足蹈,
这对鹦鹉羽毛很漂亮,
她想做个笼子关起来。

这对鹦鹉给妻子增添乐趣,
她做家务事也不觉得辛苦,
丈夫于是做了个漂亮笼子,
专门囚禁这对漂亮的鹦鹉。

夫妻俩每天精心饲养,
不让鹦鹉受半点苦,
这对小鸟生活得很愉快,
能同主人和睦相处。

日子过去两个月,
妻子嫌鹦鹉麻烦,
她想把它们宰杀掉,
改善生活享口福。

她说鸟肉煮汤味道很鲜美,
吃到肚子里热乎乎,
还可省下喂养粮食,
这样处置大有好处。

但是丈夫意见不同,
认为鹦鹉生活在野外,
我们把它关笼子里,
无法飞翔已很受苦。

鹦鹉没犯什么罪恶,
被关起来有苦无处诉,
我们应该把它们放飞,
留给它们一条生路。

妻子认为丈夫的话在理，
但又觉得好不容易抓到，
把它们放飞太可惜，
于是继续把鹦鹉关养。

但此后他们喂养次数减少，
两只鹦鹉经常饿肚子，
闲着的时候会逗它们玩，
忙的时候几天不理睬。

这就是前世的因果报应，
因为前世关了一对鹦鹉，
今生被关进了铁牢，
除此他们根本没有罪恶。

当然他们现在坐牢，
同过去小鸟被关不一样，
他们两人被囚禁，
但巴罗还可以出去。

这因果报应人人都一样，
勐迦湿国王也难过这一关，
与平民百姓所不同的是，
对他的惩治会有更大影响。

勐迦湿国王因为作了孽，
灾难必然降临到他头上，
所不幸的是还祸及百姓，
全勐的民众都遭难。

话说天上的帕雅因神王，
对帕板行为气愤难当，
他决心严厉惩治帕板王，
先给他一点小小麻烦。

他派出十二种动物，
化作惊天雷鸣电闪，
雷电击破金色王宫，
把王宫击个稀巴烂。

这只是小小的报应,
这只是报应的开端,
紧接着十二种动物行动,
许多罕见的怪事陆续登场。

蜜蜂和黄蜂飞到王宫,
在王宫里筑窝把家安,
马鹿和麂子四处乱跑,
闯进寨子肆无忌惮。

这些动物成群逛村寨,
还会到王城里去赶摆,
咄咄怪事闻所未闻,
人和野生动物成邻居。

还有乌鸦和老鹰更猖狂,
飞到竹楼上不停叫喊,
那哇哇的声音叫不停,
令人听了烦躁不安。

猪鸭牛羊也怪模怪样,
它们已经不听人使唤,
大摇大摆走上竹楼里,
同主人睡在同一张床上。

突然发生的这些怪现象,
人们始料不及无法提防,
这些怪事令人心焦,
上上下下惶恐不安。

老百姓也遇到麻烦,
到处都有瘟疫流传,
并且得的全是怪病,
连老傣医也无法诊断。

每天入夜的时候,
鬼魂还到处游荡,
有的鬼打架吵闹,
有的鬼放声歌唱。

还有短脚的小公鸡,
半夜里会咯咯啼叫,
不守规矩的老母鸡,
学公鸡拍打翅膀。

有些森林原本长得很茂盛,
却在一夜之间成片死光,
倒下的树木又会自动立起,
重新发出新芽郁郁葱葱。

果树也有奇怪现象,
芭蕉果结在树干上,
猫头鹰白天出来活动,
夜行动物出现反常。

它们成群结队飞进村子,
把玩耍的小鸡吃个精光,
凶恶的野狼还闯进王宫,
大声嚎叫令人毛骨悚然。

男女性别也会被颠倒,
小伙子走路像姑娘,
小女孩脸上长出大胡子,
男人胸脯长出大乳房。

大康朗变文盲摆弄刀枪,
武士们反倒不会打仗,
人一淌汗水就长肿块,
哭泣时眼睛像大箩筐。

有的人泪水都是血,
大便从嘴巴往外淌,
高兴的时候只会哭,
伤心时却笑个没完。

寺庙的泥菩萨也很奇怪,
喜怒哀乐如同活人一般,
有的人走路时双手着地,
有的人走路走错了方向。

有时森林里会突然起火,
大片森林一会儿被烧光,
山上树木还会跑到平坝,
弄得农民无土地种稻粮。

白天和黑夜也分不清,
太阳和月亮失去光芒,
人们白天要点着火把,
全勐各地漆黑一团。

天灾和人祸同时降临,
这时偏偏又遇上水患,
这雨水不是从天而降,
莫名其妙河水就暴涨。

河水漫出堤坝,
淹没大片村庄,
粮食被泡在水里,
那景象十分凄凉。

有时还发生强烈地震,
土地开裂房屋被掀翻,
树木七歪八倒不成样,
连王宫也倒塌一大半。

还有一些现象令人不可置信,
坚固的象牙会从中间断裂,
牛角也会莫名其妙突然脱落,
没有角的老牛变得非常难看。

这些突发天灾人祸,
在勐迦湿从未见过,
史书上也未曾记载,
国王为此愁眉不展。

帕板捧麻典只好叫来婆罗门,
把所有婆罗门国师叫来商议,
要他们找出原因并拿出对策,
解决突如其来的灾难。

婆罗门不敢马虎,
国师们认真推算,
他们经反复核实,
弄清后禀报国王。

他们认为这次灾害非同一般,
名目之多为历史罕见,
如果要消除这些灾害,
会惊动影响邻近的勐。

祸源有八个方面,
这八个方面都互为关联,
八个方面都要处理好,
不能留下一点后患。

婆罗门又按照傣历表,
用十二生肖动物推算,
又根据国王出生时辰,
找出天灾祸害总根源。

他们认为国王犯了天条,
必须自动放弃王位王权,
让位给新来的神的化身,
接受投降或归顺新王。

现在必须及早行动,
处理好这个隐患,
不要让这个王国衰落,
不要让老百姓失望。

狡猾的帕板捧麻典,
根据婆罗门的推算,
心里镇定不慌,
他有自己的主张。

他安抚了众官员,
说损失重大很悲惨,
他心里非常着急,
他会解决不必慌张。

这时手下众臣提醒国王,
一定要根除八方面隐患,
要按照婆罗门的话去做,
才能够保住勐迦湿江山。

一是画上帕雅因神王像,
这像要骑着大象向着太阳,
供全国各地老百姓祭拜,
为此神王像要面向东方。

二是画上火神王的肖像,
他是佛的化身受人敬仰,
让他坐在威武火轮车上,
显得神采奕奕体魄健壮。

三是画上帕勇神王,
他骑着一匹神马,
这匹马长有两只翅膀,
前蹄腾空面向南方。

还要画帕那罗延那神像,
他骑上精灵的金翅鸟王,
这鸟王不仅能搏击蓝天,
还能飞进深深的海洋。

金翅鸟进入龙王的宫殿,
飞翔在无边的大海上,
把作乱的幽灵撵回巢,
让大海平静不再起风浪。

还要画上帕瓦伦纳神像,
让他骑在龙王的背上,
那样子要显得特别威风,
配合帕那罗延那神保护海洋。

再画上帕摆神的肖像,
骑着水牛王手持旗幡,
摆放在神山上祭鬼魂,
不让鬼魂到人间作乱。

再画帕巴郎麻埃舜神像，
让他坐在仙阁楼上，
他的样子很寂寞犯愁，
但他的脸要向着北方。

再画上帕毗湿奴肖像，
让他骑在黄牛王背上，
他的样子也非常威武，
把像摆放在向西的方向。

画好的肖像要很讲究，
选择吉日才能摆放，
时日选在八日八时，
八八数字吉利不可忘。

不仅选日要八八数字，
祭品也要按这个数算，
比如花朵要八束八株，
还要插八面漂亮旗幡。

要用竹笼编八个仓库模型，
蜡条也要搓八根不多不少，
一切祭品都准备齐全之后，
总数必须有三百二十件套。

还要加上一千两白银，
另外加上黄金一万两，
再用贝币十万枚加上槟榔果，
包成十万包祭神避难。

除此还要有红色粗布，
红颜色是吉利的代表，
再准备白粗布垫被子，
白色意味着圣洁无瑕。

白布和红布各一百件，
用于神王肖像的包装，
这些祭品一样不能少，
心诚则灵的道理不能忘。

帕板把这些一一记下,
并派人准备不得怠慢,
大臣们准备好后送回来,
让国王一一过目才算完。

大臣交祭品也要有规矩,
一进门就要进行祷告,
国王接祭品时也口念经文,
彼此都按照佛祖的规矩。

祭品收齐后开始行动,
由婆罗门撵鬼祈祷,
祈求天神给予消灾除害,
让勐迦湿尽早摆脱灾难。

神汉办这事很有经验,
送鬼词念得头头是道,
一串串名字随口而出,
把所有的名字全念完。

这些祭鬼祭神的祭品,
神汉们边念经边摆放,
摆在神像前供奉神灵,
神像仿佛都动了感情。

通过祭鬼神的各种活动后,
果然所有的灾害渐渐减轻,
此时婆罗门念经文更起劲,
灾害肆虐的情况终于消失。

婆罗门的这些举措,
令在场的人们惊叹,
祭鬼神消除了灾害,
勐迦湿又迎来阳光。

这场灾害给国王沉痛教训,
他做事再不敢狂妄,
他行为开始收敛有所忏悔,
意识到做人应该积德行善。

灾害过后国家恢复生机,
百姓回城恢复正常生活,
那些回城后的老百姓啊,
对帕巴罗都产生了好感。

人们纷纷来到铁牢,
探望巴罗和乌莎,
当人们走近铁牢时,
便闻到醉人的芳香。

人们觉得巴罗更英俊,
仙女乌莎更漂亮,
人们称赞他俩是天生一对,
人们称赞他俩是难得一双。

人们还一块儿纷纷议论,
指责国王做事太荒唐,
年轻人互相有爱情,
凭什么理由要阻拦?

他俩前世有缘分,
缘分无论如何不能割断,
国王这样做实在太缺德,
难怪会引来大灾难。

如果论本事和功夫,
谁也没有帕巴罗强,
国王挖空心思害人,
引火烧身自己遭殃。

国王不仅自己受了罪,
差点使整个国家消亡,
国王这样做太不应该,
变成个祸国殃民的大王。

人们非常同情乌莎与巴罗,
人们大骂国王黑心肠,
人们见他俩平安无事,
都松了口气欣喜若狂。

有的人还向天神祈求,
请求天王帕雅因帮忙,
恢复乌莎与巴罗的自由,
让他俩早日走出铁牢。

有的人双手合十高举头顶上,
请求观音菩萨下凡,
把乌莎与巴罗救出苦海,
让小夫妻生活幸福美满。

所有人向天神求救,
为乌莎与巴罗诚心祈祷,
以种种方式表达爱心,
表达对乌莎与巴罗的敬仰。

听吧,各位乡亲,
哥哥亲爱的小妹妹啊,
故事讲到此就比较清楚,
为什么乌莎与巴罗会坐铁牢。

现在哥哥将要告诉人们,
这罪孽已经产生,
乌莎与巴罗被关进铁牢,
是因为前世他俩关了鹦鹉。

人们啊,千万不要作孽,
作了孽终归会遭到报应,
不管孽大还是孽小,
不管对谁都一样。

当巴罗被关进铁牢的时候,
各种灾难就降到勐迦湿,
这既是对勐迦湿的报应,
更是对帕板捧麻典的惩罚。

因为他曾经骗奸天后,
犯下不可饶恕的罪孽,
不仅帕雅因不能原谅,
众神王也都耿耿于怀。

众神王都在帮巴罗的忙,
他们讨厌帕板的横行霸道,
他们厌恶帕板的狂妄自大,
他们更反对帕板破坏习俗。

他们伸张正义主持公道,
一起来制造各种灾难,
让勐迦湿遇到麻烦,
让帕板捧麻典失去威望。

看到勐里发生的种种灾难,
人们都感到非常惧怕,
人们在纷纷议论,
这样下去怎么办?

听吧,美丽的妹妹啊,
你有泽兰和野姜花的清香,
你像盛开的缅桂花一样灿烂,
现在哥要继续把乌莎歌唱。

小两口在牢里受苦,
时间已经有两个月,
这时候的嫡乌莎公主,
住在铁牢里忐忑不安。

她对巴罗说出心里话:
"大王啊,奴的主,
奴心爱的丈夫,
大王在铁牢里陪妹受苦。

"你完全是受奴的拖累呀!
妹妹觉得很对不起哥哥你,
如果哥心里讨厌妹的话,
请哥哥不必勉强可以离去。

"不要让奴做你的妻子,
这样你就不用跟奴受苦,
帕板父王也不会跟你为敌,
两个勐也就可以友好相处。

"即使哥要让妹做女奴,
　　奴也心甘情愿没有怨气,
　　因为奴已无法离开哥哥,
　　只求每天能看到哥哥你。"

　　　帕巴罗听后回答说:
　　　"乌莎妹妹呀,
　　　哥心爱的好妹妹,
　　你千万不要这样想。

　　"妹可不要再说这种话,
这种话会让哥哥难受伤心,
　　只要虫不蛀象牙的话,
　　哥爱妹的心不会消失。

　　"哥哥永远不会抛弃妹妹,
　　如同鱼儿永远离不开江河,
　　哥哥更不会把你当成女奴,
若是那样哥就无脸活在世上。

　　"如果哥哥想要女奴的话,
哥大老远跑来这里干什么?
　　哥家里的女奴成百上千,
　　还用得着找你这位公主。

　　"哥现在要真诚地告诉你,
　　哥爱你像爱护眼睛一样,
　　哥从前已经立过的誓言,
　　千秋万代都不会变换。

　　"哥爱你的温柔体贴,
　　哥再也离不开你,
　　如果哥离开了你呀,
　　哥哥也会死亡。

　　"妹妹啊你听我讲,
　　你是哥的无价之宝,
　　哥的生命不结束,
　　就不会离开妹妹你。

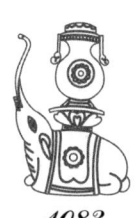

"美丽苗条的妹妹啊,
你不要再讲泄气的话,
你也没必要自卑自艾,
若这样会使哥更悲伤。"

帕巴罗说完这一席话,
就搂着婻乌莎的脖子,
不停亲吻着她的额头,
两人互相微笑亲昵。

他俩亲热一会之后,
巴罗施展神通,
他口念神咒施行仙法,
王城刹那间发生变化。

王城里的所有年轻人,
脑子里都产生美好愿望,
特别是年轻的姑娘们,
都想去见帕巴罗和婻乌莎。

于是人们纷纷来到铁牢旁,
来把帕巴罗和婻乌莎看望,
人们看到他俩美丽的相貌,
就在那里议论纷纷。

女人们惋惜地说:
"巴罗长得如此英俊美貌,
真希望妹妹我有福气嫁给他,
能得到他做我的丈夫呀!"

男人们大声议论说:
"婻乌莎长得这么漂亮,
真希望哥哥我有福气娶她,
能得到她做我的妻子呀!"

人们更多的是不理解,
为什么要把他们关在铁牢?
人们边说边哭边议论,
他们的哭声震动了王城。

婻乌莎公主目睹这一情景，
她双手合十面对苍天祈祷，
她用意念去找自己的父亲，
那位神圣的帕腊西韦术塔。

婻乌莎默念道：
"奴的父亲，
女儿最亲的亲人，
您的身体还好吗？

"养育女儿长大的父亲，
您的恩情重如山，
如今女儿被囚禁在铁牢中，
全是养父帕板施的手腕。

"他对女儿的婚姻不理解，
他给女儿带来痛苦和灾难，
他的所作所为令人费解，
他违反习俗丧尽天良。

"过去女儿听父亲讲，
说帕板是好人心地善良，
为此女儿才跟他走出森林，
当了勐迦湿王的干女儿。

"可是事情并非如此，
干爹却是另一种形象，
他把女儿关进铁牢，
他违背了当初的诺言。

"您原先定下的规矩，
他根本就不照着办，
选择女婿要经考验，
合格的小伙子他看不上。

"他还向小伙子使坏心眼，
连女儿也跟着一道遭殃，
父亲给我选的这个干爹，
蛮横不讲理是个黑心肠。

"如今女儿和女婿俩,
蒙受不白之冤坐铁牢,
遭受不公平的待遇,
全是干爹采取卑劣的手段。

"他软硬兼施设圈套,
却战胜不了女儿的丈夫,
帕板捧麻典企图杀害巴罗,
到头来百姓生命财产遭了殃。

"帕板的手段奸诈残忍,
他策划阴谋诡计多端,
他变换手法设计铁牢,
把我俩关押变成囚犯。

"女儿请求尊敬的父亲,
快来救救我俩走出牢房,
让我们能够正常地生活,
让我们的行动恢复自由。"

乌莎向父亲说完之后,
消息马上传到雪山林,
至亲的帕腊西韦术塔,
得知消息后无比伤心。

帕腊西听到女儿的求救,
他悲伤至极肝肠寸断,
韦术塔能够洞察秋毫,
女儿处境他了如指掌。

帕腊西韦术塔以自己的三禅①功力,
感应到乌莎的艰难处境,
他顿时火烧火燎心神不定,
无法再静下心坐禅修行。

---

①三禅:佛教用以治惑、生诸功德的基本修行之法,名为根本三禅。

　　　　帕腊西韦术塔跃入空中，
　　　　飞到疆域广阔的勐迦湿，
　　　　看见心爱的乌莎和巴罗，
　　　　两人都被困在铁牢房里。

　　　帕腊西第一次见到女婿巴罗，
　　　　见到久别重逢的乌莎姑娘，
　　　　　　帕腊西心情无比激动，
　　　因是出家人帕腊西克制情感。

　　　　帕腊西仔细观察帕巴罗，
　　　　　顿时对他产生了好感，
　　　　　　他和女儿都是仙人，
　　　　两人相貌都出奇漂亮。

　　仙人所具备的特点他们都有，
　　　两个人都散发出扑鼻芳香，
　　帕腊西看出帕巴罗是真仙人，
　　　　　他俩婚事无可挑剔。

　　　　不过他百思不得其解，
　　　　帕板为何要为难他们？
　　　　并且还想杀死帕巴罗，
　　　　这理由究竟是什么？

　　　他喜欢这个英俊的小伙子，
　　　决定接纳他做女儿新郎，
　　　　　他现身在女儿面前，
　　　把自己的想法对他俩谈。

　　　巴罗和乌莎见到帕腊西，
　　　　见到慈善的老父亲，
　　　他俩行合十礼拜谢父亲，
　　　然后满怀激情地对他倾诉。

　　　两个年轻人把详情细述，
　　　　帕腊西听后非常伤感，
　　为了妥善处理这个问题，
　　　　他安慰女儿和女婿：

"我两个亲爱的孩子啊,
你们没有错不必悲伤,
你们俩绝对不会孤独,
你俩情况一定会好转。

"你们暂时留在这里,
父亲先去找帕板王,
我要问他是何用意,
为何采取这种手段。

"我先把这边的事处理完,
再去找帕亨达国王,
请王爷成全这桩婚事,
把你们的终身大事办圆满。"

两人听后非常高兴,
觉得父亲同干爹不一样,
他俩急忙向帕腊西施礼,
眼前现出希望的曙光:

"我们尊敬的父亲啊,
您是我们心中的红太阳,
您对我俩如此关心体贴,
我俩感恩戴德永世不忘。

"如果父亲到了勐邦果王国,
先向帕亨达王爷讲明情况,
然后麻烦您再到我家里,
找到我的父亲丙比桑国王。

"请父亲见到两位老人后,
就说我们在这里遭受磨难,
请他们立即赶到这里,
救我俩出狱重见阳光。"

帕腊西听完孩子们的请求,
觉得事情复杂不那么简单,
他于是放弃见帕板的想法,
决定先去帕巴罗的故乡。

帕腊西立即离开勐迦湿,
跃身飞上高高的云端,
只用一天时间就出了边境,
此时太阳已经悄悄下山。

帕腊西停落在森林中,
这时已是黄昏,
他在森林里过一夜,
天亮又出发奔前方。

当天下午就飞到目的地,
到了勐达腊迦王城外,
那里疆土广阔百姓安宁,
真是个美丽富饶的地方。

帕腊西走进繁华的王城,
直接来到王宫金阁楼旁,
他径直走进宫殿大堂,
到达帕亨达议政的地方。

这是个非常华丽的大殿堂,
他进王宫殿堂后四处张望,
过来个大臣就向他打招呼,
大臣带他见帕亨达国王。

尊贵的国王见到帕腊西,
很有礼貌地互相寒暄,
国王把大师迎进大厅,
铺开坐垫在一起商谈。

帕腊西韦术塔入席坐下,
宫女送来茶水和槟榔,
还端来许多食品,
高规格招待帕腊西。

礼毕宾主开始谈正事,
老王爷彬彬有礼很有素养,
他毕恭毕敬向帕腊西施礼,
讲话有板有眼不慌不忙:

"从天上飞来的帕腊西大师啊,
招呼不周的地方请大师原谅,
大师此次远道而来光临寒舍,
不知道有何贵干需要鄙人去办?

"不知道大师缺乏什么东西,
是否缺少钱用,
还是缺乏被子床单?
需要什么不必客气尽管讲。"

帕腊西听了国王的一席话,
认为误解他的来意,
他急忙将自己的心事挑明,
让老国王理解和帮忙:

"我是在森林里修行的人,
我不是来要钱要物,
我有一件事要请您帮忙,
尽快解决我心中的烦恼。

"我的名字叫韦术塔,
在雪山林里修行多年,
我有个女儿名叫乌莎,
与令孙巴罗已私下订婚。

"提起我的女儿乌莎,
她的身世我必须同您细讲,
因为里面有一些传奇色彩,
她非人间俗女是神仙下凡。"

接着帕腊西就把事情经过,
讲给帕亨达国王听,
说自己在雪山林修行时,
发生了一件意想不到的事情。

他僧房旁边有一个大湖,
大湖的湖面宽广,
景色非常优美,
湖里所有的花都竞相开放。

有红莲花和蓝莲花，
各种花都散发着清香，
　　蜜蜂纷纷飞来，
它们都为采花蜜而奔忙。

那里到处散发出香气，
还有枝叶茂密的金莲花，
湖里生长莲花很正常，
腊西为此也就不大在意。

有一天湖里突然出现异样，
开了朵巨大无比的金莲花，
这朵金莲花之大有百庹宽，
金莲花里还有一座塔楼。

塔楼里有一位梵天女神，
　　女神负有特殊使命，
由梵天王让帕雅因送来，
　　把她留在金莲花中。

她长得非常美丽端庄，
像块黄金闪闪发光，
两只眼睛清澈明亮，
就像两颗水晶一样。

她一生下就不吃粮食，
　　不像我们人类那样，
而是只吃仙界的食物，
　　所以身上留有芳香。

姑娘没有腥臭的屎尿，
同她相处会心旷神怡，
她有幸成为我的女儿，
终日陪伴在我的身旁。

她早晚侍奉我起居，
使我的修行幸福无比，
修行的目的是行善积德，
我就给她取名乌莎。

后来乌莎长大成人,
我总不能把她老留在身边,
就送给勐迦湿的帕板,
做帕板捧麻典的干女儿。

这个叫帕板的国王,
是我的朋友和老乡,
他答应好好对待她,
把她视为亲生女儿。

他答应老衲选女婿的条件,
要能拉动女儿随身的神弓,
还答应女婿结婚上门之后,
将来传位给女婿掌管大权。

帕雅因护送乌莎去勐迦湿,
还为她变化出一座仙宫,
仙宫在勐迦湿王城旁边,
作为乌莎住宿的地方。

帕雅因还送给乌莎钱粮衣物,
还有饰品和仙食等东西,
专门供给乌莎姑娘享用,
让乌莎在那里享受仙福。

自此之后那里很热闹,
众多的男子前来求爱,
可是没有一个令她满意,
她为此苦恼不言也不语。

帕雅因继续为此事操心,
令天神变成一只金鹿,
并对巴罗施法,
让巴罗去追赶那只金鹿。

巴罗一直紧追金鹿不放,
就这样追到勐迦湿王城,
金鹿跑到乌莎公主的塔楼,
突然间消失得无影无踪。

巴罗遇见乌莎,
两人一见钟情,
亲切交谈互相吸引,
就这样都爱上了对方。

他们共同生活一段日子,
巴罗就向乌莎告辞,
要回勐邦果去禀报父母,
带上聘礼来把她迎娶。

辞别之后巴罗骑上神马,
经过一处森林,
巴罗在森林里的大湖边,
遇见一位美丽的树仙。

树仙名叫婻桑迦,
在树下变化出一座凉亭,
铺上仙座并摆上仙食,
让巴罗住在里面。

树仙见到巴罗就不平静,
她对巴罗产生爱恋之情,
巴罗也很爱婻桑迦仙女,
但他更爱乌莎姑娘。

巴罗非常想念乌莎,
就伤心呼唤乌莎,
而此时的乌莎公主,
也伤心呼唤巴罗。

为了解乌莎公主的情况,
巴罗就请树仙到勐迦湿,
让婻桑迦去告诉乌莎,
让她知道自己的消息。

乌莎得知后很高兴,
请哥哥农板王子帮忙,
要他去拜见父王帕板,
求他允许去追回巴罗。

帕板捧麻典听了以后说，
那就随乌莎的心愿吧！
农板王子于是出发，
很快就把巴罗追回来。

农板把巴罗带到乌莎那里，
巴罗又和乌莎在一起，
两人整天厮守在一块，
爱得死去活来。

因为乌莎长得非常美丽，
她的名声已经传遍勐迦湿，
不少小伙子都慕名来求婚，
但没有一个乌莎看得上。

在巴罗和乌莎相识之前，
勐巴拉纳西国王曾来送聘礼，
要迎娶乌莎做儿媳妇，
结果愿望落空。

后来又有四位王子来求婚，
四位王子都去试拉神弓，
没有一个能把神弓拉开，
他们全都空手而归。

乌莎带着巴罗，
去拜见帕板捧麻典，
帕板就让他拉神弓，
巴罗轻轻松松就拉开。

可是帕板捧麻典却反悔，
他说乌莎是他女儿，
一切都由他说了算，
竟然是个不讲理的人。

从那时起帕板就发淫威，
开始没完没了整治巴罗，
还大骂巴罗是个穷光蛋，
完全蔑视他的尊严。

帕板派了三千弓箭手，
带着弓箭去射杀巴罗，
巴罗一气之下就飞进城里，
将城墙上的哨楼箭楼踢倒。

以此警告那些弓箭手，
给他们一点厉害看看，
可是那些弓箭手啊，
根本就不理睬这一套。

三千名弓箭手继续发威，
一起用箭对着巴罗发射，
巴罗挥动宝剑，
将射过来的箭全削得粉碎。

接着巴罗拉开神弓，
对着弓箭手们射了一箭，
他们一个不剩全都死光，
这是第一次冲突的结果。

帕板捧麻典不服气，
又派四名大力士去捉拿巴罗，
这四人都具有七头大象神力，
是勐迦湿最得力的武将。

这四个人还带了很多士兵，
他们说这样才能万无一失，
他们夸口定能把巴罗抓住，
捆来交给帕板捧麻典。

四个身上有刺青的勇士，
冲到巴罗身旁想把他抓住，
没曾想却反被巴罗抓住，
将他们重重地摔在地上。

四个勇士被摔得昏死过去，
躺在地上样子可怜兮兮，
巴罗动了恻隐之心，
就用仙水把他们救醒。

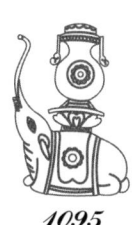

他们跟跟跄跄地离开,
逃回帕板捧麻典的王宫里,
向帕板捧麻典禀告,
像落汤鸡一样显得很无奈:

"奴的大土啊,大事不好,
我们带着军队去攻打巴罗,
可是人再多还是打不过他,
幸亏他发善心我们才没死。"

四名大力士不但抓不住巴罗,
反被巴罗打得狼狈不堪,
帕板更加恼怒依然不肯服输,
又向巴罗发起第三次攻击。

他派六万名弓箭手去射杀巴罗,
巴罗镇定自若,
又把宝剑一挥,
射来的箭又被削成碎末。

巴罗又拉开神弓,
对着那些弓箭手发射,
这些弓箭手又同上回一样,
一个不剩全都死光。

帕板的第三次攻击又告惨败,
他又派了十万名弓箭手,
形成浩浩荡荡的弓箭大军,
心想人多势众看你怎么办。

其实再多的人也不堪一击,
巴罗只是挥动宝剑,
射来的箭全被削成粉末,
弓箭手们看得目瞪口呆。

接着巴罗又用神弓,
对准那十万名弓箭手发射,
十万名弓箭手全都倒下,
一个不剩都被射死。

帕板捧麻典不吸取教训，
又召来四名神箭手出马，
他们带着四十万士兵，
气势汹汹想把巴罗消灭。

巴罗依然不当一回事，
照样把宝剑一挥，
射来的箭全都削碎，
飞进田里做了肥料。

然后巴罗用神箭把弓弦一敲，
那声音震得勐迦湿地动山摇，
帕板捧麻典的士兵胆战心惊，
都像缩头乌龟不敢再射巴罗。

还有十万士兵不听劝告，
继续用箭射击巴罗，
巴罗再三劝告无效，
就用神弓把十万士兵全杀光。

帕板捧麻典还自恃神通广大，
亲自披挂上阵去打巴罗，
帕板用他的萨哈萨它麻神弓，
接二连三地向巴罗发射。

巴罗不屑一顾，
他用宝剑阻挡，
帕板捧麻典射出的箭，
全部被撞得倒飞回头。

帕板捧麻典还不死心，
又玩弄出新的花招，
他喷出火焰去烧巴罗，
妄想把巴罗烧成火炭。

巴罗念咒施法，
顿时倾盆大雨从天而降，
浇灭了喷过来的烈火，
弄得帕板捧麻典灰心丧气。

这已经是第五次攻击巴罗,
全都以失败告终,
可是没打掉他的嚣张气焰,
帕板似乎永不服输。

他又派人去请来他的兄长,
号称常胜将军的阿奴贡盘腊,
让他从善见山上下来攻打巴罗,
为他这个弟弟出一口恶气。

阿奴贡盘腊来后很狂妄,
根本就没把巴罗放心上,
让他的士兵变化成鹰鹫,
还变成龙蛇犀牛和野象。

有的还变成虎豹和金翅鸟,
用这些怪兽同巴罗相斗,
巴罗没等这些怪兽靠近,
就用神箭把他们全部消灭。

这是巴罗第六次打胜仗,
帕板军队一败涂地,
他不得已停了下来,
研究对策准备继续再战。

他召集了所有大臣将领,
以及所有婆罗门大国师,
集中到王宫大殿里商谈,
帕板要大家都出主意。

他们在一起议论,
都说巴罗英勇无敌,
还说巴罗具有神通法力,
确实厉害无法战胜。

巴罗不像普通人,
他可能是半人半神,
我们现在要用武力制服他,
简直是天方夜谭不自量力。

大家认为应该假装服从他,
　　把米花鲜花蜡条等礼品,
　　放在礼盘恭请巴罗和乌莎,
　　把他们骗到宫里再擒拿。

帕板捧麻典见打不赢巴罗,
　　就将巴罗和乌莎骗到王城,
　　并在靠近乌莎宫殿的广场上,
　　新建了一座宫殿给他俩做新房。

在新建宫殿里为他俩举办婚礼,
为他俩拴线牵魂成为正式夫妻,
　　让乐队演奏庆贺直到深夜,
　　巴罗和乌莎两人上床入睡。

　　　新宫殿里没动静,
帕板捧麻典就开始施诡计,
　　他变出铁牢将他们罩住,
　　巴罗和乌莎被囚禁。

　　他们被关在铁牢后,
帕板又派了一千名弓箭手,
　　再次去射杀巴罗,
又被巴罗的宝剑神弓击败。

　　巴罗还变出绳索,
把那一千名弓箭手牢牢捆住,
　　绳索就像蟒蛇缠动物一样,
他们越挣扎绳索就勒得越紧。

　　　可怜那些弓箭手啊,
　　痛苦得无法忍受,
就哭喊着向巴罗哀求,
请巴罗饶恕他们性命。

　　　巴罗收回绳索,
　　放士兵们一条生路,
至此帕板已攻打巴罗七次,
　　七次都是以失败收场。

现在巴罗和乌莎还被关着,
但他们不怕任何攻击,
因为没有谁再敢轻举妄动,
他们已经获得安全。

乌莎和巴罗关在铁牢里,
被帕板施加了秘咒,
巴罗法术高深能自由进出,
乌莎却无法走出铁牢。

巴罗暗地里到塔楼取仙食,
两人才不至于挨饿,
乌莎劝巴罗独自离开回家乡,
但巴罗不愿抛下乌莎不管。

两人吃过仙食之后,
一块相拥上床睡觉,
他俩每天都是这样,
一日复一日倒也自在。

两人在牢里一起享用仙食,
在牢里说说笑笑度时光,
虽说巴罗的法力能保安全,
但这样的日子过得太艰难。

帕腊西最后说道:
"尊敬的大王啊,
我是乌莎的父亲,
见到孩子被关很难受。

"我既愤怒又感到可怜,
所以就飞来告知大王,
怎样才能救出两位爱儿,
请大王召集大家商量。

"事情经过我已经陈述,
请大王仔细斟酌拿出主张,
帕板违背了习俗和规矩,
理应受到世人谴责和制裁。

"此事不能再拖延,
否则孩子将遭受痛苦,
我把情况已告知了您,
就准备返回勐迦湿去。"

他向帕亨达告辞后,
跃上空中飞往勐迦湿,
来到关押巴罗和乌莎的铁牢前,
把情况告诉巴罗和乌莎:

"父亲的爱儿啊,
我已经见到了老王爷,
把情况向他详细禀报,
还告诉你们的家人。

"我还告诉勐达腊迦国民,
擦亮眼睛认清帕板本质,
做人应该有起码的道德,
不能为所欲为丧尽天良。

"老王爷听后义愤填膺,
他不会容忍帕板胡作非为,
他将集中全国精锐部队,
到勐迦湿来营救你俩。"

帕腊西把情况告知女儿女婿,
两个人听后非常高兴,
他俩安慰帕腊西父亲,
目送老人家飞天离开。

佛祖世尊讲到这里暂停,
他要理顺这章故事情节,
这章的故事非常悲壮,
他感慨万千地对比丘们讲:

"众比丘啊,
巴罗和乌莎被关铁牢,
巴罗多次击退帕板围剿,
乌莎为此祈求父亲帮忙。

"帕腊西接到女儿消息,
非常着急随即前来看望,
帕腊西紧接着去到勐邦果,
告诉王爷巴罗被关押情况。

"帕亨达听后沉思默想,
他在心里思考着该怎么办,
帕腊西又把情况告诉女儿,
然后返回雪山林修行。"

第五十三章

老王爷营救孙子
帕板王调兵遣将

听吧，
婀娜多姿的妹妹啊，
故事将顺着脉络往下讲，
讲帕亨达如何营救巴罗。

老王爷听了帕腊西陈述，
得知巴罗孙子被关铁牢，
他虽然非常伤心愤怒，
却从容镇定不露声色。

他了解帕板捧麻典秉性，
要营救孙子必须用心机，
当然用武力也必不可少，
两样都使用才能奏效。

孙子被关铁牢非同小可，
事关人格国格不可小看，
帕板分明瞧不起勐邦果，
才敢目空一切如此狂妄。

他立即派大臣到勐邦果去，
通知巴罗的父亲帕丙比桑，
老王爷要同儿子好好商量，
如何营救孙子巴罗出牢房。

帕丙比桑从勐邦果赶到后，
王爷把腊西的话复述给他听，
此时他激动的情绪开始发作，
同接见腊西高僧时完全两样：

"帕板捧麻典实在可恶,
不知他在搞什么名堂,
他作为乌莎姑娘的干爹,
怎能对女儿婚事横加阻拦。

"他每天调来大批将士,
对他俩进行打击扰乱,
屡遭失败之后仍不死心,
还采取许多谋杀手段。

"对此巴罗一忍再忍,
一次又一次进行较量,
他们没有一次能打败巴罗,
最后使出毒辣的伎俩。

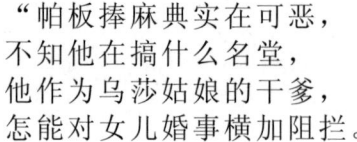

"帕板用了阴谋诡计,
变出一个很大的铁牢,
把两个小青年囚禁在里边,
让他俩在监牢里受煎熬。

"两个无辜的年轻人,
失去自由心如火燎,
幸亏他俩都是仙人,
否则生命早已完蛋。

"帕腊西作为乌莎的父亲,
没有坐视帕板胡闹,
他很可怜俩人,
因此专程前来看望。

"不过他俩还算不错,
与帕板抗争不屈不挠,
他们打败士兵和武将,
在民众中树起了威望。

"巴罗是个好儿郎,
年轻健壮身手不凡,
他聪明伶俐武功高强,
把敌人打得鬼哭狼嚎。

"巴罗确实很厉害,
　　敌人诡计都被他揭穿,
　　敌人先后攻打他七次,
　　每次都是他战胜对方。

　　"眼下巴罗仍被关在铁牢里,
　　为了这门婚事他经受了考验,
　　他美丽的妻子乌莎同他一样,
　　在铁牢里寸步不离他身旁。

　　"帕腊西作为乌莎的父亲,
　　不忍心女儿受苦受难,
　　他也很喜欢我的孙子巴罗,
　　衷心希望他俩白头偕老。

　　"帕腊西为了这件事,
　　把消息转告本王,
　　这件事情非常紧迫,
　　我们要尽快拿出主张。"

　　老王爷说到这里,
　　显得有点气急,
　　他还告诉丙比桑,
　　帕腊西对此事火烧火燎。

　　"帕腊西以为我不着急,
　　不停地催促我快拿主张,
　　其实我又何尝不着急,
　　只是未能立即向他表态。

　　"帕腊西心急如焚,
　　想到受苦的女儿泪水涟涟,
　　他在大殿里来回踱步,
　　又忍不住对我开腔:

　　"'尊贵的帕亨达大王,
　　我们应尽快拿出主张,
　　我的意见是立即行动,
　　这件事千万不能拖延。

"'赶紧去营救您的孙子,
一道救出我的姑娘,
恢复他们自由,
保护他们平安。'

"我听后依然没有吭气,
其实我已急出满身大汗,
对帕腊西讲的事情,
我心里暗暗在盘算。"

父子俩又紧急商量,
决定立即调兵遣将,
集中全国所有兵力,
同时要求盟国都来参战。

王爷对儿子丙比桑下达旨意,
要儿子立即去把战鼓敲响,
通知大臣和将领立即进宫,
部署全国备战的一切事项。

丙比桑立即到宫门前,
使劲击鼓把群臣召唤,
咚咚咚的鼓声很急促,
鼓声很快传遍四方。

所有将领和大臣官,
听到鼓声心里紧张,
这样的鼓声很少出现,
听后都有种不祥预感。

大小官员们急急进宫,
对国王召唤不敢怠慢,
他们拜见国王施礼,
急忙请示问明情况:

"尊贵的大王啊,
紧急的鼓声为了何事?
难道边界发生了战乱?
抑或国家发生大灾难?

"莫非勐里发生内乱,
　要调兵遣将去平叛,
或许我国发生其他事,
　击鼓叫我们进宫磋商?

"现在大臣已经到齐,
　请神威的大王昭示,
我等服从国王指挥,
　绝不会给大王丢脸。

"我们对大王绝对忠诚,
　与大王您同心同德,
不管上刀山下火海,
　赴汤蹈火在所不辞。"

王爷向大臣们看了一眼,
　点了一下人数都已到场,
他开始向大家发话,
　介绍最近发生的情况。

"现在各位都已到齐,
我要向各位通报新情况,
　并非战火烧到边界,
国内无事百姓乐业安康。

"刚才帕腊西大师来到王宫,
　告知本王的孙子被人囚禁,
为了一个他喜爱的姑娘,
　落入了勐迦湿国的铁狱。

"两个年轻人被关在一起,
　帕板想把他俩置于死地,
现在我把各位请进宫来,
　如何营救请各位出主意。

"这件事十万火急,
　赶快行动不得迟疑,
本王先听听大家意见,
　你们说出来不必顾虑。"

王爷说出了缘由,
大臣们听得仔细,
这件事人命关天,
谁也不敢视为儿戏。

"勐迦湿是个大国,
它的地域十分辽阔,
管辖一百零一个勐,
他们自认为了不起。

"勐迦湿管辖这么大地域,
兵强马壮有众多兵力,
而帕板捧麻典这个人,
据说狂妄好战从头坏到脚。

"他有六万法术高强的武官,
自诩天下无敌,
他因此非常傲慢,
欺侮弱小洋洋得意。

"他们还有不少盟国,
勐庄昊是其中之一,
勐西拉也是他的附庸,
这些都属勐迦湿管理。

"如果我们出兵去营救,
首先要考虑我们的兵力,
我们必须联合所有的勐,
组成强大盟国联军。"

国王听了大家的意见,
认为这是一个好主意,
帕亨达同意这一做法,
各位大臣立即做准备。

按照帕亨达大王旨意,
大臣把行动方案写得具体,
写好后盖上国王印章,
立即向各勐发送。

送信的官员骑着骏马,
　　把信件送到目的地,
信件发到一百二十一个勐,
　　其中有二十个大勐是主力。

帕亨达要求各个勐的军队,
　　务必遵守规定的日期,
　　全部到达勐邦果王城,
　　　迟到一天都不允许。

　　勐邦果国的各个盟邦,
　　距离勐邦果远近不一,
　　　他们为了不误时间,
　　　日夜兼程不敢休息。

　　勐邦果的盟邦确实不少,
　　有一个名叫勐尊腊玛尼,
　　这个勐的国王名叫帕罗,
　　他接到信件后表示支持。

　　另一个名叫勐达腊宛帝,
　　　　国王名叫帕约,
　　还有一个名叫勐捧麻宛帝,
　　　　国王名叫念达辛。

　　这些勐的国王法术高强,
　　他们是勐邦果得力干将,
　　他们接到信件后坚决响应,
　　都要派出大部队前来参战。

　　另一个勐名叫勐嘎拉甘,
　　　这个勐地域十分宽广,
　老鹰飞越全境要七天七夜,
　　　他们拥护勐邦果的决定。

还有一个勐名叫勐计极塔拉宛帝,
　　　　国王名叫加拉韦扎,
　　　　这个国王身材魁梧,
　　　　恶魔见了都会害怕。

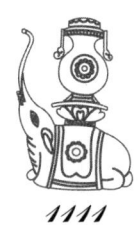

还有一个勐名叫勐阿毗宰牙宛帝,
他们的国王名叫阿皮伦,
最强主力是巴罗父亲丙比桑,
他是个智勇双全的大国王。

另一个勐名叫勐故萨宛帝,
国王名叫纳林答,
还有一个名叫萨曼达拉扎的勐,
国王名字叫令答拉扎。

各勐接到信件后积极响应,
国王亲自率兵赶到勐邦果,
勐塔大腊国王率领王家军队,
浩浩荡荡第一个到达。

勐阿林答捧的国王,
名叫帕毗巴鲁,
还有勐涅敏答拉扎帝国王,
也都带领着军队前来加盟。

勐坦牙瓦帝虽然路途遥远,
他们的军队也很快到达,
勐捧麻宛帝的大队人马,
由国王坦麻率领来到。

还有一个美丽富饶的国家,
这个国家名叫勐金达宛帝,
它的国王名叫桑卡,
也率领军队及时赶到。

一位名叫尖答的国王,
他智慧超群有勇有谋,
他统领勐腊达那宛帝军队,
日夜兼程赶来勐邦果集合。

另一位名叫阿嘀达,
是勐宋帕瓦帝国王,
他带兵来到勐邦果,
精兵强将装备精良。

一百二十一个勐的国王，
　　　都亲自带兵赶来，
　　他们集合到了勐邦果，
　　　要为这场战争出大力。

　　国王随身带了很多将官，
　　　这些将官也都身手不凡，
　　他们身怀绝技英勇善战，
　　　都是打仗的卓越良将。

　　盟军从四面八方集合，
　　他们服从帕亨达王爷统领，
　　他们到勐邦果国安营扎寨，
　　所有军队汇集在王城广场。

　　帕亨达向盟军通报情况，
　　又将勐迦湿的实力细讲，
　　俗话说知彼知己百战不殆，
　　提醒大家不可有轻敌思想。

王爷同时也指出敌方弱点，
他说帕板是个没面子国王，
国家连遭大灾十分穷困，
缺少粮食还发放不了军饷。

有时连少量贝币也拿不出，
是一个名副其实的穷光蛋，
　　他又像个不要脸的无赖，
　　依然不服输不甘心失败。

　　他至今还不肯释放巴罗，
　　也不释放干女儿乌莎姑娘，
　　　剥夺他俩的自由幸福，
　　　帕板王真是丧尽天良。

　　一百二十一个神威的国王，
　　　得知勐迦湿王如此野蛮，
　　　　个个都义愤填膺，
　　　　人人都摩拳擦掌。

特别听说至今不愿放人，
气得牙齿咬得咯咯响，
大家非常愤怒同仇敌忾，
异口同声指责勐迦湿王：

"我们虽然不缺少漂亮女子，
只因为他俩有缘分分不开，
这样的婚姻怎么可以阻拦，
这是做人的起码道德伦理。

"根据傣家人的古老章法，
解决这种问题不能用暴力，
只能说服教育顺其自然，
绝不能把好姻缘强行拆散。

"勐迦湿王应该懂得这个道理，
年轻人恋爱应该自由选择，
没理由要他们服从长辈意志，
更不可以动用权力横加干涉。

"现在我们必须立即行动，
营救帕巴罗王子出牢房，
使帕巴罗尽快恢复自由，
全力惩治暴君勐迦湿王。"

帕亨达看到大家情绪激动，
理解大家的心情，
为让各位国王冷静下来，
他又劝告大家不要动气：

"不过现在巴罗王子，
生命安全没有问题，
巴罗虽被关在牢房里，
帕板拿他没有办法。

"他调动了大批的兵将，
一共发动了七次战斗，
每次战斗帕板都失败，
弄得帕板王狼狈不堪。

"巴罗勇敢又有骨气,
他不曾向暴力低头投降,
连不可一世的阿奴贡盘腊,
也成了巴罗手下败将。

"他们每次出动成千上万兵力,
每次都有大量人员伤亡,
成千上万人打不过一个人,
巴罗确实机智勇敢。

"巴罗沉着有胆识,
让所有的暴徒闻风丧胆,
勐迦湿伤亡惨重,
把国家的面子全丢光。"

帕亨达接着说:
"但我方有错在先,
应该求得和平解决,
出兵攻打是最后选择。

"我们应该先派使臣,
带着礼品和书信,
向他赔礼表示友好,
请求原谅我们的过错。

"如果他们原谅就好,
如果谈不成只能动武,
到时再起兵不迟,
这是解决问题良方。"

"勐邦果是礼仪之邦,
先礼后兵办事不得鲁莽,
我准备派人先去求情,
以情动人把他们的心扭转。"

王爷的话很有道理,
大家赞成按他的主意办,
如果勐迦湿讲道理,
就不用大动干戈。

帕巴罗的弟弟帕昆代,
得知哥哥被囚心发慌,
他跪下来向爷爷请命,
要求一个人先打前站:

"孙子非常惦记哥哥,
他在那里受苦受难,
请爷爷写上一封信,
先礼后兵交给帕板王。"

其实此时的帕亨达王爷,
他心里焦急坐立不安,
他立刻传令手下臣官,
按孙子的意见办。

遵照老王爷下达的旨意,
大臣们立即动手写信函,
这封十万火急的信件,
充分表达友好愿望:

"我是勐邦果国王的父亲,
我现在代孙子向你求情,
如果孙子做得不对的地方,
请帕板捧麻典王宽恕原谅。

"如果我的孙子真的有错,
我会严加教育依法惩办,
我不会袒护孙子的过错,
有错不改违反佛法规范。

"作为大名鼎鼎的国王,
心胸应该像大海一样宽广,
希望你能对巴罗宽容,
尽快放巴罗返回家乡。

"如果你需重金礼品,
我可以满足你的愿望,
要多少你可以开个价,
不必客气更不能蛮干。

"只要帕板王开出数字，
　　本王一定会如数奉上，
　　只要能送还我的孙子，
　　多少钱彼此都可商量。

　　"本王希望两勐之间和好，
　　建立起友好的和睦邦交，
　　请帕板王不看僧面看佛面，
　　不要伤和气弄得彼此难堪。

　　"做任何事都要给自己留后路，
　　互相信任比什么都强，
　　衷心希望两勐能成为兄弟国，
　　衷心希望帕板王从长远着想。

　　"千言万语，
　　请尽快把我孙子释放，
　　让我们共同展望两勐美好前景，
　　望帕板王积德行善。"

　　文官所写的信函，
　　句句包含着情感，
　　字字都是讲道理，
　　行行充满着友善。

　　信里所说的送礼，
　　句句是真没虚假，
　　文官刚把信写完，
　　礼品已准备妥当。

　　礼品中有黄金白银，
　　两种的数量都有万两，
　　礼品中还有珠宝，
　　还有绫罗绸缎。

　　送礼的队伍由总大臣率领，
　　名字叫帕苏念答拉扎老将，
　　还有帕巴拉韦杂和帕布拉扎，
　　以及帕巴罗的弟弟昆代等。

他们带四千随员,
为赶时间队伍不走陆路,
他们跃上天空腾云驾雾,
空中飞行畅通无阻。

两勐之间路途遥远,
走路要两个月时间,
天马行空跑得很快,
七天就来到勐迦湿。

他们来到城外等待,
一直等到太阳下山,
勐迦湿的人来询问,
已是天黑晚上。

大队人马进了王城,
勐迦湿的大臣很傲慢,
勉强接待了他们,
不打招呼也不寒暄。

一直等到第二天的早上,
才获准可以进入王宫,
他们不计较对方的怠慢,
不因小事把大事搞乱。

总大臣跟着进入王宫,
手托装着蜡条和帕巾的银盘,
规规矩矩地送上礼品,
请大臣转交勐迦湿王。

现在我要讲帕板捧麻典王,
他看到来的客人非同一般,
他们全是勐邦果高官大将,
一个个衣着考究像模像样。

来人显得非常有礼貌,
说话轻声细语有涵养,
按照规矩向主人施礼,
非常客气地把来意讲:

"尊敬的勐迦湿国王,
　　您的形象至高无上,
　　我们持守五项戒律,
　　对您无限崇敬。

　　"尊贵的帕板国王啊,
　　我们祝您吉祥安康,
　　您的心胸像大海般,
　　您是贵人大德大量。

　　"现在我们帕亨达王爷,
　　委派我们几位,
　　到贵国向大王赔礼道歉,
　　希望能得到大王您的原谅。

　　"只因王爷孙子年少无知,
　　对帕板大王您多有冒犯,
　　帕亨达王爷为此很伤心,
　　要对巴罗严加教育看管。

　　"王爷让我们带来丰厚礼品,
　　送给大王表示我们的诚意,
　　请帕板捧麻典王务必笑纳,
　　也希望两勐矛盾烟消云散。"

　　客人将带来的礼品送上,
　　主人接下礼物无话可讲,
　　勐迦湿王又接下了书信,
　　他打开金色信件认真看。

　　信里向他表示了歉意,
　　语气很诚恳没有怨言,
　　请求他不同孩子计较,
　　尽快放巴罗返回故乡。

　　派去的大臣还陈述来意,
　　同信里写的话一模一样,
　　大臣讲话时非常小心谨慎,
　　滴水不漏生怕把主人冒犯。

派去的大臣非常谦虚,
一一拜见对方的长官,
他们的举止无懈可击,
最后将礼品献给帕板王。

帕板捧麻典突然勃然大怒,
断然拒绝使臣的道歉,
也不接受使臣们献上的重礼,
还一把将国书打落地上。

他将国书踩上一脚后,
用脚指头夹着丢回来,
非常狂傲地大发肝火,
像失去理智的疯子一样:

"你们勐邦果很富有啊,
这金子银子我数不胜数,
巴罗那小子犯的是死罪,
他只有死路一条。

"我不要你们的赎金,
也不接受你们的聘礼,
我要让巴罗那个贱种,
死在那个铁牢里。

"你们这些勐邦果大臣啊,
也不睁大你们眼睛看看,
我们勐迦湿是什么国家,
你们这等小国还能高攀?

"我们由一百零一国组成,
世上有哪个国家比我们强?
你们这点钱物算得了什么,
想用这点小东西来做交换。

"我要明明白白告诉你们,
我勐迦湿什么都不缺少,
金银珠宝勐迦湿有的是,
粮食布匹我们堆积如山。

"你们这样做是小看本王,
　　我们处理问题按章法办,
　　对犯有死罪的人不宽容,
　　不会因送礼而对他赦免。

"本王不会因这小礼品心动,
　　本王处理问题不会用情感,
　　赶快收起你们的赎金吧,
　　别摆在这里实在丢人现眼。

"你们这个狂妄的巴罗,
　　根本不知道天高地厚,
　　我们已把他关在死牢里,
　　你们等着收尸去见阎王。

"你们想为他开脱罪责,
　　那是白日做梦根本办不到,
　　你们就打消这个念头吧,
　　别浪费时间吃力不讨好。

"如果你们还要为他求情,
　　恐怕连你们性命也难保,
　　我要把你们也关在一起,
　　打进那铁做的死牢里。

"打进铁牢等于走上不归路,
　　你们好好考虑别后悔,
　　如果你们听话就快回去,
　　我可以饶你们一命。

"如果你们不服气也可以,
　　有本事你们就出兵来较量,
　　真打起来我们会奉陪到底,
　　结果如何就不由你们所想。"

这次同来的有三国的帕雅,
　　身份都非常尊贵,
　　听了帕板的狂言非常气愤,
　　想不到勐迦湿国王如此霸道。

他们的脸涨得通红，
仿佛天塌地陷雷打火烧，
特别是勐罗麻的帕布拉扎，
气得咬牙切齿火冒三丈：

"我听了你刚才的狂言啊，
觉得有失大国尊严礼貌，
官与官对话要讲究分寸，
君子之间不搞粗野那套。

"国王与国王之间的交往，
要以礼相待不得伤情感，
这才是解决问题的办法，
怎可以动不动就谈打仗？

"你们既然是有名的大国，
更应该讲礼仪宽宏大量，
大国欺侮弱小多没面子，
你们就不怕别人的耻笑？

"更何况打仗没个度，
谁胜谁负还不知道，
各国都有自己的兵，
各勐都有自己的将。

"这好比大象各有自己的牙，
锋利的牙齿不是长着摆样子，
又好比骏马生来就会奔跑，
哪匹跑得快得较量才知道。

"你别以为勐迦湿人多势众，
自以为强大没准是个大草包，
你要知道强中自有强中手，
现在的断言恐怕为时太早。

"我劝你们不要太狂妄，
别以为自己铜墙铁壁，
其实你们这个勐啊，
还不如我们一个山寨。

"我们有着良好的愿望,
想心平气和同你们谈,
并非专程来听你骂娘,
我们不是你手下的官。

"也许你有本事游大江大河,
但你未必知道河中是啥样,
没准那长着青苔的大石头,
就可能要你帕板老命。

"作为一个勐的最高君主,
应讲究自己的名声威望,
你这样说话太没水平,
哪像一百个国家的君王?

"既然谈判你没有诚意,
再待下去已没有必要,
我勐罗麻不会求你,
要打要和你就看着办。"

勐罗麻的使臣把话说完,
其他的使臣都有同感,
他们不辞而别拂袖而去,
昂首走出了王宫大堂。

他们来到牢房,
把帕巴罗看望,
随团的帕昆代王子,
跟着大臣一道前往。

当他们来到牢房前,
巴罗见到惊喜不已,
亲人对他如此关心,
他激动得热泪盈眶。

那美丽的乌莎姑娘,
第一次见到小叔子模样,
帕昆代很像他的哥哥,
心中翻滚着亲情波浪。

帕昆代第一次见到嫂子，
觉得比他想象的还漂亮，
他祝贺哥哥能娶到乌莎，
为她而受苦受难不冤枉。

他非常体谅哥哥的行为，
这样的大美人谁都迷恋，
他鼓励哥哥要坚持下去，
对小美人紧紧抓住不放。

英俊潇洒的帕巴罗，
感谢亲人们来看望，
他走到铁窗的旁边，
详细询问他们情况：

"尊敬的苏念达伯父，
尊敬的各位叔叔和弟弟，
勐迦湿的路途这么遥远，
你们怎么来到这个地方？

"这条路不太好走，
道路崎岖实在艰难，
路途狭小荆棘丛生，
能到这里来实在不简单。"

他的弟弟帕昆代，
心里头七上八下，
看到哥哥的处境，
有说不完的话：

"我的哥哥呀你受苦了，
我得知后就心乱如麻，
你在此受苦遭受折磨，
爷爷急得饭也吃不下。

"我们现在来看望你，
为你能出牢笼想办法，
请大哥暂时忍耐几天，
我们绝不屈服他们的恐吓。

"本来我们想同他们和解,
　不把两勐关系推向悬崖,
　我们带来丰厚礼物礼金,
想赎回哥哥解开矛盾疙瘩。

"可是帕板捧麻典不买账,
　那口气比大象放屁还大,
　帕板狂妄至极目空一切,
好像人世间都得归顺他。

"他宣称要把你置于死地,
　要把你打入十二层地狱,
　他还说要是我们不服气,
可以发兵来同他们打仗。

　　"现在弟弟先回去,
　调遣我们的大队兵马,
　我们已做到仁至义尽,
只好靠武力别无办法。"

帕巴罗听了弟弟的话,
亲情暖流在心中涌动,
为了自己的安危幸福,
竟然牵动了几个国家:

"感谢伯伯叔叔和弟弟,
　为了我你们受了不少气,
　其实他们拿我没有办法,
你们不必为我担忧着急。

"他们虽然把我关在这里,
　他们并不知道我的法力,
　我随时都可以走进走出,
关住身体灵魂可到处去。

"只因为乌莎无法出去,
　我只好陪妻子在铁牢里,
　每天由我到塔楼取仙食,
拿回来两人充饥肠。

"我们两口子住在这里,
有吃有喝生活全自理,
我们吃的是神仙食物,
不拉屎尿这里没臭气。

"虽说我俩住在这牢笼里,
但我随身带着两样宝器,
可以防身自卫不受伤害,
所以生命安全没有问题。

"帕板已经调来大批人马,
七次交锋都败得很惨,
他的兵丁有成千上万个,
被我打死打伤无法统计。

"很多人被打得丢盔弃甲,
喊爹叫娘样子实在难看,
连最厉害的阿奴贡盘腊,
也被我打得抱头鼠窜。

"我现在被关在这铁牢里,
看帕板耍什么把戏,
这个利令智昏的帕板王,
他其实过高估计了自己。

"再说如果我们的军队出动,
帕那罗延那外公也会帮忙,
他会派神兵天将来救我,
大家都不必担心会打败仗。"

领头的总大臣,
了解情况后松了口气,
他们告别牢里的巴罗,
准备返回自己的国家。

他们翻身跃上蓝天,
天马行空顺风而去,
他们在空中往下看,
观察勐迦湿的土地。

他们看到勐迦湿坝子,
　　　　确实富饶美丽,
有一条大江挡住城门,
　　发兵攻打不那么容易。

　　他们看到王城街道,
　　　　整整齐齐布局合理,
　　绿树成荫果树婆娑,
　　　　幢幢竹楼鳞次栉比。

　　且说帕雅苏念达等人,
　　带着四千随员回家乡,
　　他们离开勐迦湿飞行,
　　途中没停歇全速飞翔。

　　他们飞了七天之后,
　　回到勐达腊迦王城,
　　入城拜见帕亨达王爷,
　　向帕亨达禀报说:

　　"奴的陛下啊,
　　最负声誉的大君王,
　　奴等奉命到勐迦湿,
　　事情办得很不理想。

"在勐迦湿大臣引领下,
　　奴等去到帕板王宫里,
　　奴等带着国书和礼品,
　　按照礼节行为没出格。

"奴等献上国书和礼品,
　　向帕板捧麻典叩拜说:
　　　　'奴等的陛下,
　　最负声誉的帕板君王。

"'勐邦果的帕亨达君王,
　　派奴等前来向您递国书,
　　传递帕亨达君王的诚意,
　　化解两国之间不必要矛盾。

"'帕亨达君王寄希望,
能和大王您建立友好联邦,
使勐邦果和勐迦湿成为朋友,
像关系亲密的一家人那样。'

"奴等还对帕板捧麻典说:
'巴罗私下跑来勐迦湿国,
与婻乌莎公主谈情说爱,
冒犯大王尊严实在不应该。

"'被大王关进了铁牢里,
是因为巴罗犯下了重罪,
奴等特来向大王您道歉,
并请大王定出罚金。

"'奴等准备向大王交罚金,
并诚恳地向大王您道歉,
奴等还备上了贵重礼品,
替帕巴罗谢罪赔个不是。

"'请大王原谅巴罗年少无知,
别同巴罗一般见识,
同意勐邦果迎娶乌莎公主,
请帕板大王把巴罗释放。'

"奴等这样说完话之后,
将国书递交文书官,
请他念给帕板捧麻典听,
然后奴等就退到一旁。

"奴等看大臣已念完国书,
就将礼品献给帕板捧麻典,
可是帕板捧麻典非但不接受,
还一把将国书丢到地上。

"他还恶狠狠地踩上一脚,
那动作叫人看后气愤难当,
他非常傲慢蛮横不讲理,
还趾高气扬地大声叫嚷:

"'金银财宝我一点都不缺,
　　　为何要接受你们的国书?
　　既然知道巴罗犯的是死罪,
　　　那你们还拿国书来干什么?

　　"'我就是要让巴罗死在铁牢里,
　　　你们别梦想要我放他活命,
　　　你们要是不服我们的判决,
　　　可以调集军队来和我打仗。'

　　　　"帕板捧麻典那样说后,
　　　　奴等就离开他的王宫,
　　　　顺便又去看看帕巴罗,
　　　　实地了解巴罗的处境。

　　　"当我们看到狱中的巴罗,
　　　压在胸口的石头总算落地,
　　　　虽然巴罗被关在牢里,
　　　　但日常生活不受影响。

　　"他们没本事制约巴罗自由,
　　该吃该睡该玩一切都正常,
　　　奴等还看到婻乌莎公主,
　　她确实是个非常美丽的姑娘。

　　"只因铁牢被帕板施加秘咒,
　　乌莎虽为仙女却无法出铁牢,
　　巴罗无奈只好在牢里陪妻子,
　　否则他俩早就回来勐邦果。

　　　　"不过他俩坐在蒲团上,
　　　　　相互有说有笑,
　　　　　好像啥事都没发生,
　　　　　好像住在家里一样。

　　　　"奴等就在铁牢旁边,
　　　　　同帕巴罗相互交谈,
　　　　他安慰我们不必担忧,
　　　　帕板对他已一筹莫展。

"勐迦湿的兵将都害怕巴罗,
没有一个人敢靠近铁牢,
巴罗让奴等带话给王爷,
请王爷不必为他烦心伤神。

"他还说如果爷爷要出兵,
给帕板一点教训也无妨,
如果要组织军队来攻打,
就赶快起兵不要拖太长。

"巴罗确实是这样说,
他说话时很轻松,
仿佛我军必定胜利,
帕板必定会打败仗。"

他们向帕亨达王禀报,
详细述说此行的情况,
他们还讲到巴罗夫妻,
都是仙人无生命危险。

帕亨达王听完汇报,
觉得和谈已无希望,
看来非动武力不可,
于是开始调兵遣将。

他们准备去攻打勐迦湿,
狠狠教训那个昏庸国王,
他们要救出巴罗和乌莎,
打掉帕板捧麻典的嚣张气焰。

帕亨达把大臣召进王宫,
满腔怒火地对臣官们说:
"各位大臣啊,
你们赶快去调集军队吧。"

听吧,美丽的妹妹啊,
如同宝石般那样可爱,
你像宝贝让人爱不释手,
美丽的脸蛋放出光彩。

现在哥要补充一段故事,
讲至高的帕亨达大君王,
他除了召集一百零一勐兵力,
还派人送信去通知五个岛国。

这些岛国不在一百零一勐之列,
让他们也召集兵力赶来参战,
那五岛国因王子婚事与之结缘,
他们与勐邦果已结为生死盟邦。

那五个岛国在前面讲过,
就是昂古拉岛和罗麻岛,
还有基利岛和些腊岛,
以及细点达岛。

他们各自带领着强大的兵力,
都不少于一阿呵兵将,
还有九百八十万头战象,
驾驶帆船运载渡过海洋。

他们还按照王爷旨意,
都带上钉满铁钉的木挡板,
他们远渡重洋赶来集合,
准时赶到勐达腊迦王城。

早期到达军队已驻扎城外,
他们是勐邦果的帕丙比桑,
他带着一阿呵士兵,
还有九百八十万头战象。

还有勐故萨宛帝的纳林答,
也带着一阿呵士兵,
还有九百八十万头战象,
也都在王城外安营扎寨。

还有勐田亚宛帝的布塔国王,
他也带领一阿呵士兵,
已经在王城郊外安营扎寨,
喂养着九百八十万头大象。

勐捧麻宛帝的坦麻国王，
同样带着一阿呵兵将，
以及九百八十万头战象，
驻扎在王城外等候王爷安排。

勐韦沙腊宛帝的桑卡国王，
也带着一阿呵兵将，
还有九百八十万头战象，
只要王爷下令他们就开拔。

勐萨曼达拉扎的术念答国王，
士兵数量也是一阿呵，
同时带有九百八十万头大象，
他们时刻准备投入战斗。

勐达腊宛帝的帕甘达来国王，
带着一阿呵士兵，
以及九百八十万头大象，
驻扎在王城外随时待命。

勐尊腊玛的帕罗国王，
带着一阿呵士兵，
也有九百八十万头大象，
时刻准备投入战斗。

勐捧麻宛的帕念达辛，
带着一阿呵兵将，
已在王城外安营扎寨，
也有九百八十万头大象。

勐帕版的帕索利瓦国王，
参战军队有一阿呵，
还有九百八十万头战象，
也是提前到达王城外等待。

勐计极塔拉宛帝的迦拉韦扎王，
带着一阿呵兵将，
以及九百八十万头大象，
严阵以待准备出发参战。

勐阿毗宰牙宛帝的阿皮伦国王,
　　　带着一阿呵兵将,
　以及九百八十万头大象,
　　驻扎在王城外待命出发。

勐塔蹋腊的帕萨哈嘎帝,
　　　带着一阿呵兵将,
　以及九百八十万头大象,
　　到达勐达腊迦王城外。

勐阿林答捧的韦大布帝,
　　　带着一阿呵兵将,
　以及九百八十万头大象,
　　提前到达集中的地方。

勐涅尼宛帝的瓦沙帕卡帝亚,
　　　兵将也是一阿呵,
　还有九百八十万头战象,
　　提前到达勐达腊迦王城外。

勐帕比的帕约也带兵赶来,
　　　他的兵将有一阿呵,
　还有九百八十万头战象,
　　都按时到达王城的郊外。

一百零一个勐的帕雅,
　每个帕雅都带着兵将,
　而且都是一阿呵的兵力,
　　以及九百八十万头大象。

所有军队都已经到齐,
　都按指定的地方扎营,
　他们都做好战斗准备,
　　只等王爷下达出征命令。

勐邦果的备战情况讲到这里,
　接下来要讲的故事更加复杂,
　哥将要讲到猴儿贺腊满,
　　讲他在南赡部洲四处游玩。

当他经过勐达腊迦的时候,
听到人们在议论非常热闹,
他就下去挤进人群探听,
听到议论的话与帕板有关。

议论说帕板看不起勐邦果,
不接受君王的国书和礼品,
也不会释放帕巴罗出铁牢,
于是贺腊满感到非常奇怪。

他再深入细听人们议论,
说他们的君王准备出兵,
亲自带领大军队去打仗,
去攻打勐迦湿捉拿帕板。

贺腊满听后觉得不对劲,
急忙起飞返回勐迦湿,
他火速走进王宫大殿,
向帕板捧麻典禀报说:

"奴的大王啊,
情况有些不妙,
奴在南赡部洲游玩,
突然发现新的情况。

"当奴去到勐邦果境内,
来到勐达腊迦王城的时候,
听到人们在纷纷议论,
说了很多大王的坏话。

"说如果帕板不放掉帕巴罗,
就要带军队来攻打勐迦湿,
还说要活捉帕板捧麻典您,
救出帕巴罗和婻乌莎夫妻。"

贺腊满是帕板派出的密探,
他是帕板捧麻典的得力干将,
他受了帕板捧麻典王的指示,
到勐邦果刺探军队行动情况。

这个密探去过很多地方，
　　非常机灵见多识广，
　　他对帕板国王唯命是从，
不论好事还是坏事都干。

他探听到勐邦果正在调动兵力，
便飞快返回勐迦湿去禀报国王，
　　贺腊满的禀报还没讲完，
　　他迫不及待地接着讲：

　　"我们尊敬的国王啊，
看来事态已闹大非同一般，
　　如果你不释放帕巴罗，
　　一场大战马上就会爆发。

　　"他们已调动大批兵马，
　　参战军队有很多国家，
　　先头军队有三个大国，
勐邦果和勐达腊迦及勐罗麻。

　　"这三国的兵马已集中，
　　看样子很快就会出发，
　　请国王快点拿出主意，
免得打过来无法招架。"

　　帕板听了贺腊满的禀报，
看这形势只好立足打仗，
　　勐邦果准备如此充分，
　　千万不可有轻敌的思想。

帕板于是传令六万位帕雅，
　　立刻进宫商讨克敌办法，
　　准备制订一套作战方案，
　　调动全国各地兵马。

他立即派人动工修筑工事，
围绕勐迦湿王城四面八方，
构筑工事共有一百二十道，
　　把整个勐迦湿王城围成圈。

同时他还下达命令,
动员所有军队力量,
调集各勐全部军队,
准备同勐邦果打仗。

他召集六万位帕雅和臣官,
把他们召集到王宫商量,
让他们写信派人送到各勐,
让每个勐的帕雅亲自参战。

都要带上一阿呵的将士,
将士的数量一个也不能少,
帕雅们接到帕板命令之后,
都赶到勐迦湿王城来集中。

帕板捧麻典还通知哥哥帮忙,
巴拉迭瓦接到信后很紧张,
就火速调集国内各处军队,
总共有一阿呵兵将。

他还带九百八十万头战象,
从勐萨嘎拉赶来勐迦湿,
他们日夜兼程不停赶路,
要帮助帕板弟弟抵御勐邦果。

迭文答得知消息后也出动,
调集了一阿呵兵将,
以及九百八十万头战象,
从勐达嘎赶到勐迦湿。

还有沙嘎拉晚那也调集兵将,
出动一阿呵军队,
以及九百八十万头战象,
从勐帝朗嘎赶来帮忙。

丙拔扎嘎也调集了军队,
也有一阿呵兵将,
以及九百八十万头战象,
从勐巴萨赶来参战。

捧麻扎嘎也调集军队,
从勐阿连亚赶来勐迦湿,
　他带领一阿呵军队,
还有九百八十万头战象。

昆达来也调集军队,
　有一阿呵兵将,
以及七百万头战象,
从勐拉南赶来参战。

昆庄也调集一阿呵兵将,
从勐金出发赶到勐迦湿,
他还带来七百万头战象,
　　兵力非常可观。

昆宝也调集一阿呵兵将,
从勐安提亚紧急行动,
他还带来七百万头战象,
赶来支援帕板捧麻典王。

昆依莱也调集一阿呵兵将,
同时带来七百万头战象,
　从勐阿利拔出发,
用最快速度赶到勐迦湿。

昆撒也调集一阿呵兵将,
他也带来七百万头战象,
从勐盘杂拿瓦帝起程,
准时赶到勐迦湿王城。

帕雅几那拉扎也调集军队,
　军队有一阿呵兵将,
以及九百八十万头战象,
从勐几那赶到勐迦湿。

帕雅拉扎先兰和帕雅梭莱也行动,
他们各调集一阿呵兵将,
还各带领九百八十万头战象,
从各自的勐赶来勐迦湿参战。

一百零一勐的帕雅都出动,
各勐所出动的军队都相当,
都有一阿呵兵将,
还有数百万头战象。

勐迦湿王城自己的兵将,
共有十二阿呵,
有九千八百万头战象,
阵容非常庞大。

帕板捧麻典的军队,
全部都调集在一起,
军队有一百一十三阿呵,
战象有十亿八千万头。

他们来到勐迦湿之后,
立即修筑防御战壕,
严阵以待,
日夜忙碌不停。

将领们指手画脚,
来回跑动验收检查,
壕沟里三层外三层,
王宫周围碉堡层层加码。

帕板捧麻典开始排兵布阵,
把他们全安排到各工事里,
这些工事有一百二十八个,
让他们守卫勐迦湿王城。

帕板捧麻典坐镇指挥,
他每天守在王宫的宝殿里,
他还派出了三千人去守卫,
做到万无一失防患于未然。

王宫是国家的心脏,
是重点保卫的地方,
那里修筑的碉堡更加牢固,
要攻破很困难。

在那里守卫的军队，
百里挑一武艺高强，
他们忠于帕板捧麻典，
随时保卫国王的安全。

勐迦湿国王帕板捧麻典，
对巴罗恨得要死心发慌，
他发誓要把小夫妻宰掉，
拿来祭祀勐神祈求平安。

这时一位战象骑兵头领，
自告奋勇去杀巴罗和乌莎姑娘，
按照国王下达给他的旨意，
先把他俩杀死不让生还。

这个凶狠的战象骑兵头领，
他的力气超过十二头大象，
得到国王允许后他立即行动，
带着手下的武士直奔铁牢房。

一个名叫掌山的大力士打头阵，
他第一个冲到铁牢前，
他见到巴罗后破口大骂，
宣称要捉拿他这位国王。

当掌山大力士刚伸出手臂，
就被帕巴罗一把扭住不放，
他把掌山大力士使劲一甩，
丢到勐迦湿边境无人的地方。

帕巴罗没让他死亡，
只是给他点厉害看，
让他活着跑回来，
跑回老家赶紧躲藏。

回来后他不敢再见帕巴罗，
也不敢让其他人知道，
他躲避起来不再露脸，
但是他的失败所有人都知道。

勐迦湿国王暴跳如雷,
他调来更多武官,
这次足足有三千,
要用乱箭射穿帕巴罗胸膛。

当这三千残暴的武士,
刚刚靠近铁牢房,
就纷纷向帕巴罗射箭,
飞箭仿佛像暴雨一般。

帕巴罗挥舞手中宝剑,
射过来的箭全被阻挡,
飞箭被宝剑砍得粉碎,
掉落在地上堆积如山。

巴罗接着拉动弓弦,
神箭狠狠地射向对方,
他射出去一次弓箭,
敌人就有上千人死亡。

活着的武士纷纷逃窜,
抱着脑袋东躲西藏,
他们知道巴罗的厉害,
再也不敢进行抵抗。

听吧,各位乡亲,
说了勐迦湿的军队总数,
话题又要转回到勐邦果,
转回到勐达腊迦的情况。

勐邦果各勐的军队都已集中,
数量也不比勐迦湿的少,
仅勐达腊迦本勐的军队,
就有十四阿呵兵将。

士兵都配备铁甲铜盔,
还有宝剑弓弩和长矛,
同时配备火箭和箭筒,
装备都比勐迦湿精良。

　　　　　按照帕亨达王爷的旨令，
　　　　士兵还配有木挡板，
　　　　木挡板长一庹宽一拃①，
　　　　而且都钉满尖锐铁钉。

　　　　帕亨达集中所有的兵力，
　　　　把六万位帕雅分成四部分，
　　　　一部分留守勐邦果境内，
　　　　预防勐迦湿绕道来偷袭。

　　　　境内有四阿呵士兵，
　　　　仅带队的帕雅就有两万，
　　　　每个人都持有弓箭，
　　　　还配有宝剑和长矛。

　　　　第二部分是打头阵，
　　　　带领的帕雅有八万，
　　　　士兵也按比例配备，
　　　　身体健壮非常勇猛。

　　　　第三部分是主力军队，
　　　　负责攻打勐迦湿王城，
　　　　这部分的数量比较大，
　　　　而且装备更加精良。

　　　　士兵有九十四阿呵九那腊当，
　　　　后面尾数是九呙帝零八百万，
　　　　还有四阿呵的象兵，
　　　　胜败寄托在他们身上。

　　　　第四部分的任务负责运送给养，
　　　　由十三阿呵士兵和象兵组成，
　　　　这部分还配备有牛车和马车，
　　　　带队的都是经验丰富的老帕雅。

---

①拃：指伸展大拇指和食指间的距离。

帕亨达非常注重军队装备,
尤其是负责指挥的王官,
他给每个王官配发神剑,
这把神剑的来头不一般。

神剑来自梵天神家传,
为帕那罗延那所赠送,
名字叫那腊亚加兴宝剑,
每个王官都配发一把。

他还给士兵配发萨哈萨它麻弓,
九呙帝八千万士兵人人有一把,
给九呙帝八千万士兵配发火弩箭,
给九呙帝八千万士兵配发暴风箭。

还给九呙帝八千万士兵配发天斧箭,
给九呙帝八千万士兵配发火把箭,
给九呙帝八千万士兵配发饿鬼箭,
给九呙帝八千万士兵配发精铁箭。

给九呙帝八千万士兵配发皮密列箭,
给九呙帝八千万士兵配发幻希那箭,
给九呙帝八千万士兵配发萨拔搭箭,
配备这些武器的士兵只是普通兵种。

还有力气特别大的兵种,
这部分人数有九呙帝八千万,
这些士兵都具有七头大象神力,
给这部分全部配发拉布竞弓弩。

其他军队的士兵也全副武装,
给九呙帝八千万士兵配发闪电箭,
给九呙帝八千万士兵配发帕利伽弓弩,
给九呙帝八千万士兵配发响雷箭。

勐邦果将士都有标志,
要求打仗之前做准备,
这些标志物全是红色,
避免同敌人军队混淆。

士兵扎上红头巾，
身着红色的服装，
还要戴上红头盔，
车辆还插上红旗。

以上数字还没统计完，
还有战象九呙帝八千万，
马兵也有九呙帝八千万，
车兵也有九呙帝八千万。

步兵也是同样的人数，
也是九呙帝八千万，
每个士兵额头贴有金箔，
作为相互辨认的标记。

帕亨达把兵力部署好，
又派人请来婆罗门国师，
他要精准计算良辰吉日，
确定起程出兵的日期。

王爷对婆罗门国师说：
"听吧，国师们，
你们要认真算一算，
哪一天是良辰吉日。

"算卜这一关很重要，
你们千万不可小看，
精准算出出征吉日，
我们才能够打胜仗。"

婆罗门国师接到旨令，
他们一刻也不敢怠慢，
他们运用呼啦知识，
一丝不苟进行推算。

经过加减乘除，
又求得了余数，
用年月日和时辰，
认真地计算。

这种计算有固定公式,
非常精准不会有误判,
先推算出勐的属相相位,
最后得出出征的吉日。

婆罗门国师经过紧张推算,
出征的吉日已经得出答案,
他们毕恭毕敬走到王爷跟前,
向帕亨达大王叩拜:

"奴的陛下,
最负声誉的君王,
愿大王吉祥平安,
永远在这黄金宝殿里。

"福运永远陪伴着君王,
让福运跟随着我们,
不离不弃,
取得战争的最后胜利。

"我们勐邦果的属相相位,
比别的勐更吉祥更吉利,
勐邦果的属相相位是二,
勐迦湿的属相相位是六。

"他们处于臣属的地位,
我们勐比他们勐更吉祥,
因此大王定能战胜敌人,
我们这次定能打胜仗。

"昆代是勐里最吉祥的人,
帕丙比桑是勐里的首领,
让父子俩带领先头军队,
此次就一定能够打胜仗。

"大王您可以跟在队伍后面压阵,
派出神通法力的将士前去助威,
现在出征的日期已经算出来,
就在第六天正午时分出兵吧。"

　　　　出征前的五天里，
　　帕亨达让将士做准备，
　　　　先备好一个礼盘，
　放上金蜡条银蜡条和米花。

用以祭献天神佛祖和祖宗，
请他们保佑才能旗开得胜，
同时还击鼓通令所有将士，
尽快做好出战前一切准备。

　　　当到了四月初三早上，
　　　预示胜利之日已来临，
　帕亨达又准备八个礼盘，
　　　敬献给上天的众神灵。

　　礼盘放上成对金蜡条，
　　还放上成对的银蜡条，
　　除此还有金花和银花，
　　端到众神的神龛前面。

敬献给帕那罗延那和帕摆，
还有帕巴郎麻埃舜和帕勇，
帕毗湿奴和帕瓦伦纳，
以及帕雅因和众勐神。

　　　　出征的吉日良辰已到，
　　　　帕亨达王爷派了臣官，
　　　击鼓通告将士们出发，
　顿时王城内外一片沸腾。

帕丙比桑和昆代父子俩，
带领此次出征的先头军队，
雄赳赳气昂昂走在前面，
他们的精神面貌提振了士气。

勐邦果的将士们全部行动，
接二连三地离开了宿营地，
浩浩荡荡的队伍起程出发，
　顿时王城内外军旗飘扬。

军旗全部都是红色,
形成了一片红色海洋,
队伍经过的地方,
人声鼎沸尘土飞扬。

帕亨达带着军队断后,
跟在大军队的后方,
军队离开了勐邦果,
向着勐迦湿方向进发。

诸天神和勐神随行在空中,
保护着勐邦果军队的平安,
他们是帕雅因和帕那罗延那,
还有帕摆和帕巴郎麻埃舜。

神仙还有帕毗湿奴和帕勇,
以及帕瓦伦纳等至亲,
他们虽然没有下到凡界,
但对人间动静了如指掌。

诸天神和勐神保护勐邦果将士,
不让一个人染上任何疾患,
有时还会念动神奇的咒语,
把勐迦湿人心扰乱。

佛祖世尊讲了这段故事,
觉得这章篇幅实在太长,
为此他只好暂时停下来,
便对众比丘感慨地说:

"众比丘啊,
帕亨达大君王魄力很大,
指挥一百多个勐的将士,
离开了勐邦果征战勐迦湿。

"诸神王也密切配合,
保护他们此行的平安,
七大神王再加上勐神,
他们的威力不可阻挡。

"七大神王是帕雅因,
　　还有帕那罗延那和帕摆,
以及帕巴郎麻埃舜和帕勇,
　　还有帕毗湿奴和帕瓦伦纳。

"他们全都在空中随行,
　　一刻也不离开他们,
保护着勐邦果的将士们,
　　不让一个人染上疾患。"

第五十三章